谨以此书迎接一个朗读时代的到来

曹文轩
美文朗读
CAOWENXUAN
MEIWENLANGDU

细瘦的洋烛

曹文轩/著

北京大学出版社
PEKING UNIVERSITY PRESS

图书在版编目(CIP)数据

细瘦的洋烛 / 曹文轩著. —北京：北京大学出版社，2009.5
(曹文轩美文朗读丛书)
ISBN 978-7-301-15119-8

Ⅰ.细…　Ⅱ.曹…　Ⅲ.青少年－小说－作品集－中国－当代　Ⅳ.I267
中国版本图书馆CIP数据核字（2009）第052190号

书　　　名：细瘦的洋烛
著作责任者：曹文轩　著
责 任 编 辑：韩文君
标 准 书 号：ISBN 978-7-301-15119-8/I·2105
出 版 发 行：北京大学出版社
地　　　址：北京市海淀区成府路205号　100871
网　　　址：http://www.pup.cn　电子信箱：zyl@pup.pku.edu.cn
电　　　话：邮购部62752015　发行部62750672　编辑部62767346
　　　　　　出版部62754962
印　刷　者：北京宏伟双华印刷有限公司
经　销　者：新华书店
　　　　　　730毫米×1020毫米　16开本　9印张　115千字
　　　　　　2009年5月第1版　2012年2月第10次印刷
定　　　价：23.00元（附光盘）

未经许可，不得以任何方式复制或抄袭本书之部分或全部内容。
版权所有，侵权必究
举报电话：(010)62752024　电子信箱：fd@pup.pku.edu.cn

朗读的意义

曹文轩

关于阅读的意义，我们已经有了丰富多彩的阐述：阅读是一种人生方式；阅读是对人的经验的壮大；阅读还有助于创造经验；阅读养性；阅读的力量神奇到能改变一个人的外形；在没有宗教情怀的世界里，阅读甚至可以作为一门优美而神圣的宗教……

可在今天这个有着无穷无尽的诱惑的世界里，人们对阅读却越来越疏离了，甚至连中小学生们都对阅读越来越不感兴趣了。这个情况当然是很糟糕的，甚至是很悲哀的。

无数的人问我："究竟有什么办法让孩子喜欢阅读？"

我答道："朗读——通过朗读，将他们从声音世界渡到文字世界。"

难道还有更好的方法吗？一个孩子不愿意阅读，你对他讲阅读的意义，有用吗？就怕是你说到天上去，他大概还是不肯阅读的。可是我们现在来做一个设想：一个具有出色朗读能力的语文老师或者是学校请来的一个著名演员，在他们班上声情并茂地朗读了一部小说里的片段，那是一个优美的、感人的、智慧的、扣人心弦的精彩片段，那个孩子在不知不觉之中被深深吸引住了，朗读结束之后，他就一直在惦记着那部小说，甚至急切地想看到那部小说，后来他终于看到了它，而一旦他进入了文字世界之后，就再也不想放弃了。于是，我们就可以有充足的理由对这个孩子的阅读乃至成长抱了希望。

朗读在发达国家是一个日常行为。

2006年9月，我应邀参加了第六届柏林国际文学节。在柏林的几天时间里，我参加最多的就是各种各样的朗读会。他们将我的长篇小说《草房子》以及我的一些短篇小说翻译成德文，然后请他们国家的一流演员去学校、去社区图书馆朗读，参加者有学生，也有成年人——不同阶层、不同年龄的成年人。在我的感觉里，朗读对他们而言，是日常生活中一件经常的却是非常重要的事情。四五人、五六人、十几人、上百人坐下来，然后听一个或几个人朗读一篇（部）经典的作品，或一段，或全文。可见朗读在德国这样的发达国家，是一种日常的、同时也是一种非常优雅的行为。

"'语文'学科，早先叫'国文'，后改为'国语'，1949年后改称'语文'，从字面上看，'语'的地位似乎提高了，实际上，'重文轻语'是中国语文教学中的一大弊病。"（刘卓）

"语文语文"，"文"是第一的，"语"是次要的，甚至是无足轻重的。重"文"轻"语"，这是中国的文化传统。中国在很多时候，把"文"看得十分重要，而把"语"给忽略掉了，甚至是贬低"语"的。"巧言令色"，能说会道，是坏事。是君子，便应"讷于言而敏于行"。"讷"——"木讷"的"讷"，便是指一个人语言迟钝，乃至沉默寡言，而这是美德，认为这样的人是仁者。

"水深流去慢，贵人话语迟。"这便是中国人数百年、数千年所欣羡的境界。当然中国也有极端的历史时期是讲究说的。说客——说客时代。那番滔滔雄辩，口若悬河，真是让人对语言的能力感到惊讶。但日常生活中，中国人还是不太喜欢能说会道的人的。"讷"，竟然成了做人最高的境界之一，这实在让人感到可疑。

2008年，美国总统竞选，很让我着迷，着迷的就是奥巴马的演讲。他的演讲很神气，很精彩，很迷人，很有诗意。从某种意义上讲，美国总统竞选，就是比一比谁更能说——更能"语"。我听奥巴马的讲演，就觉得他是在朗读优美的篇章。

说到朗读上来——不朗读——不"语"，我们对"文"也就难以有最深切的理解。

我去各地中小学校作讲座，总要事先告知学校的校长老师，让他们通知听讲座的孩子带上本子和笔。我要送孩子们几句话。每送一句，我都要求他们记在本子上。接下来，就是请求他们大声朗读我送给他们的每一句话。我对他们说："孩子们，有些话，我们是需要念出来甚至是需要喊出来的，而且要很多人在一起念出来、喊出来。这是一种仪式，这种仪式对我们的成长是有用的。"

当我们朗读时，特别是当我们许多人在一起朗读时，我们自然就有了一种仪式感。

而人类是不能没有仪式感的。

仪式感纯洁和圣化了我们的心灵，使我们在那些玩世不恭、只知游戏的轻浮与浅薄的时代，有了一分严肃，一分崇高。

于是，人类社会有了质量。

这是口语化的时代，而这口语的质量又相当低下。恶俗的口语，已成为时尚，这大概不是一件好事。

优质的民族语言，当然包括口语。

口语的优质，是与书面语的悄然进入密切相关的。而这其中，朗读是将书面语的因素转入口语，从而使口语的品质得以提高的很重要的一环。

朗读着，朗读着，优美的书面语在不知不觉中变成了口语，从而提升了口语的质量。

朗读是体会民族语言之优美的重要途径。

汉语的音乐性、汉语的特有声调，所有这一切，都使得汉语成为一种在声音上优美绝伦的语言。朗读既可以帮助学生们加深对文本的理解，同时也可以帮助他们感受我们民族语言的声音之美，从而培养他们对母语的亲近感。

朗读还有一大好处，那就是它可以帮助我们淘汰那些损伤精神和心智的末流作品。

　　谁都知道，能被朗读的文本，一定是美文，是抒情的或智慧的文字，不然是无法朗读的。通过朗读，我们很容易地就把那些末流的作品杜绝在大门之外。

　　北大出版社打造这套丛书，我之所以愿意从我全部的文字中筛选出这些文字，都是一个用意——

　　以这些也许微不足道的文字，去迎接一个朗读时代的到来。

2009年5月8日于北京大学蓝旗营

目录

古堡 /1
    古堡＊(1–7)

白马 /8
    西行＊(16–23)
    两个乞丐＊(23–26)

黑夜是把雕刻刀 /44
    黑夜是把雕刻刀＊(44–47)

马和马 /48
    马和马＊(48–51)

背景 /52
    背景(52–56)

前方 /57
    前方(57–59)

阿雏 /60
    船(74–76)
    天地间一片哀鸣(76–78)

柿子树 /79

柿子树＊(79—86)

大沼泽 /87
命悬一线＊(91—94)

第八号街灯 /96
第八号街灯 (96—99)

大水 /100
风琴 (109—112)

闲话读书 /113
闲话读书 (113—118)

影子 /119
影子 (119—122)

最后一只豹子 /123
最后一只豹子 (123—126)

三斧头 /127

"细瘦的洋烛"——读鲁迅 /132

注：目录中楷体字篇目为推荐朗读内容，其中，标有"＊"的，为示范朗读内容，正文已配录音。正文中凡推荐朗读的内容均已用楷体字标示。

古 堡

这山拔地而起,直插云空,看上去,简直没有一点坡度,像天公盛怒之下,挥动一把巨斧往下猛劈而成:巍然、险峻,望着就叫人感到恐惧。

然而,它对于山下的孩子们——甚至是山下的全体居民来说,却有一种深厚的诱惑力。听老人们说,就在这云雾弥漫的山巅,有一座古堡。是古代战争时垒就的,可以瞭望和狙击山那边的入侵之敌。

但谁也没有见过那座古堡。

此时,这座大山的孩子——麻石和森仔,却正朝山巅攀去。

他们还在七岁的时候,就瞒着大人往这迷人的山巅爬过,可是失败了——只爬了十三分之一,就灰溜溜地滚了回来,叫山下的全体居民可劲地嘲笑了一顿。于是,他们年复一年地仰望着那云雾深处里似有似无的山巅,攥紧拳头,在心里发狠:你等着!

现在他们长到了十四岁,个子高了,壮实了,有劲了,连说话的声音都变得让自己吓了一跳——那么响亮!"大啦!"老人们说。于是,他们想起了七岁那年的失败,又开始往山巅攀登——他们坚决要成为今天这个世界上第一个看到古堡的人!

现在,他们已是出发后第五次坐下来歇脚。他们回头看了一下山下,

古堡

只见村里的房屋小得像火柴盒，村前那条小河，像一条闪光的带子，马和牛成了一个个黑点。可是抬头看，山巅仍然还很遥远，它一会儿从云雾里显现出来，一会儿又被云雾所笼罩，一副神秘莫测的样子。他们一个倚着峭壁，一个侧卧在石头上，谁也不说话，谁也不愿让伙伴看出自己内心的动摇，互相把目光避开。

一只大雕在山腰间盘旋，黑色的翅膀在阳光下闪闪发亮。它似乎对这两个孩子的行动感到惊奇，在他们头顶上飞来飞去已有了一段时间了。

麻石忽然对自己生起气来，转而抓了一块石头，站起来，朝空中砸去："滚！"

大雕展开翅膀，闪电一样斜滑而去。

"走吧！"麻石对软瘫在石头上的森仔说。

森仔看了一眼麻石，依旧卧在石头上。

麻石也坐下了，用手抱着尖尖的下巴，一对山里孩子才有的黑眼睛望着白云飞动的天空。

回去吗？他们是当着全村孩子的面宣布上山看古堡的，当时说得很肯定，充满信心，就像将军宣布自己将要远征那样豪迈、庄严。孩子们为他们"哗哗"地鼓了掌。才爬了这么一点就回去，除了落得一个嘲笑还能落得个什么？他们仿佛看到了一个又一个孩子的模样：有闭起一只眼睛而用另一只眼睛乜斜着打量他们的，有索性闭起双眼根本就不看他们的，有搂着肚子笑得在地上滚成一团的，有站在大树下朝他们指指点点的……

现在他们不是七岁，而是十四岁。十四岁的孩子很知道自尊和名誉了。

不知过了多久，他们不约而同地站起来，手拉着手，朝山巅攀去。

山没有路，又十分陡峭，他们几乎是像猫爬柱子一样把身体贴在石壁上。他们不能朝下看，一看简直觉得这山是直溜溜地矗立着的，脚一滑就会直坠下去。也不能朝上看，云在飞，在旋转，那会使他们产生错觉：那山在大幅度地摇晃着。他们只能看着眼前，一脚一脚地往上登。

那只大雕又飞回来了，一直跟着他们。有时，他们脚下突然一滑，它就会一斜翅膀猛地飞过来，像是要用它那对强劲的翅膀托住坠落的他们；见他们平安无事，才又一拉翅膀飘开去。

这是夏天的太阳，熊熊燃烧，炙在人身上，叫人感到火辣辣的。麻石和森仔完全暴露在阳光下。他们汗流满面，脱掉的褂子刹在裤带里，光光的、黑黑的脊梁上，汗水像一条条小河在流淌着。他们希望看到一棵树，一片灌木丛。可是，让他们看见的尽是被阳光烤得灼人的石头。他们口渴得厉害，一边爬一边用舌头舔着干燥的嘴唇。

当森仔再一次摔倒、脑勺碰在硬石头上后，他开始埋怨麻石了："就是你，说要去看古堡的！"他一屁股坐下来，喘着气。

麻石也喘着气。他看了森仔一阵，也一屁股坐下来："你也说了！"

森仔坐着，汗还是不停地流，淌在石头上，很快被吮干了。他抹了一把汗，可是汗马上又讨厌地流了出来。他忽然狠狠地抱起水壶，一仰脖子就喝，"咕噜咕噜"，来不及咽下，水从嘴角溢出，流到脖子里。喝尽了，他跳起来，朝太阳咬咬牙，把空水壶扔在麻石脚下，然后，抢在麻石头里朝山巅爬去。

麻石歉疚地看着森仔，站起来，跟上去。没有错，是他首先提出去看古堡的。如果不是他的主意，森仔这会儿也许正和其他孩子在山脚下的那条凉快的小溪里惬意地游水或抓鱼呢。他忽然觉得欠了森仔点什么，并对自己的行动有点懊悔。

他们与大山一直沉默着。

到中午时，麻石水壶里的水也喝尽了。而这时的太阳才是真正的太阳，它发着威风，朝两个孩子垂直地喷吐着烈焰，像要烘干他们。他们处在光溜溜的石头上，没有任何可以躲闪的地方，水分从这两个尚未成熟的躯体里迅速地挥发、消耗。饥渴！饥渴！饥渴！他们张着嘴巴，像暑天里瘪着肚皮喘气的小狗。有时，他们眼里溅着火星，有时则一阵发黑。如果现在有一场雨，他们会仰起脸，伸开双臂张嘴冲着天空，让雨水灌饱。如果现在眼前有一条河流，他们会不管水流多么湍急，不顾一切地扑到水中。他们的眼神变得焦灼，带着野性。两个孩子之间的对立情绪也随着这饥渴程度的增加而增加，坏脾气的森仔，动不动就瞪麻石一眼，像要等个机会跟他狠打一架似的。

爬着，爬着……

他们忽然停住了，屏住呼吸，像是两只小动物在谛听什么。

"水声！"麻石叫起来。

"水！"森仔欢呼了。

一切怨恨顿时因为这淙淙的流水声而消失了，他们手拉着手，循着水声朝前跑去——情况却使他们大失所望：是有一条泉流，可是，它在两道峭壁之间极为狭窄的缝隙里流动着，望得见，却绝对够不着。

那水声在深深的峭壁间，挑逗似的向他们欢响着。

他们趴在峭壁上，伸着脑袋，贪婪地望着这股清冽的泉水在"哗哗"地流动，眼珠儿都快跳出来了。而他们背上，太阳却更厉害地曝晒着。他们喘着气，额上的汗珠大滴大滴落进水中。这"哗哗"的水声让他们产生希望，可又粉碎了他们的希望。它只能煽动起两个孩子一种仇恨的心理。他们朝水咬牙切齿，然后爬起来，疯了似的朝水里扔石头。

回答他们的只是一阵阵漠然的水声。

他们终于精疲力竭地瘫坐在地上，用手捂着耳朵，不让自己听到这清脆的、甚至含着甜味的山泉声。

失望带来的怨恨在森仔心里急剧地增长着。不知过了多久,他突然起身往回走去……

"森仔!"麻石叫道。

森仔根本不理麻石。

"森仔!"麻石追了上来,一把抓住森仔的胳膊,"你上哪儿呀?"

"回家!"

"不!"麻石执拗地说,"我们不能回家!"

"你松手!"森仔叫着,眼睛好凶。

"逃回去吧,胆小鬼!"麻石喊起来。

森仔挥起拳头,对着麻石的鼻梁,"当"的一拳。壮实的森仔,力气可比麻石大多了,麻石一下子被揍得趴在了地上。过了很久很久,他才从地上慢慢抬起头来——他的鼻孔下挂着两道血流!

这两个孩子长时间地对望着。

"走吧,你走吧!……"麻石转过身去,独自一人往山巅爬去。他爬得很快,喉咙里"呼哧呼哧"地响着,脚下不时有碎石被他蹬翻,朝山下"咕噜咕噜"滚下去。

……天黑了,麻石在一大块平滑的石头上歇下来。茫茫的夜色里,远近山峦,有浓有淡,寂寥地矗立着。月亮在云里游动,山影随着它的出现隐没,一会儿清晰,一会儿模糊,那只大雕一天来始终相伴,这时也停在远处一块突兀的岩石上。

无底的寂静。

炎热早已退去,凉爽的夜风阵阵吹来。恐惧和侵入肌骨的凉气使他紧紧缩做一团,他希望大山里能有声音,哪怕是一声鸟啼、半声鹿鸣。

这个孩子在寂寞、恐惧、寒冷中煎熬着。他已连后悔的心思都没有了。不知过了多久,他忽然听到离他约有三米远的地方传来人的叹息声,

古堡

他猛地回头——月光很亮，森仔抱膝坐在那里！

两个孩子同时站起来，然后走近，互相紧紧搂抱着哭起来。

"没回家？"麻石问。

森仔摇摇头："我……我一直跟着。"

他们紧紧挨着躺在石头上。

"想想那座古堡好吗？"麻石说。

森仔点点头："它很大，很高……"

"很结实，还好好的。"

"肯定的！说不定我们还能看见那时候打仗用的炮呢，就像老师讲课时提到的古炮！"森仔有点得意洋洋。

"有小件的，像剑呀什么的，我们就带回去。"

"你知道古堡是什么样子吗？"森仔问。

"像碉堡，四四方方的。"

"还有放枪放炮的口。"

"我们是第一个看见古堡的！"

"第一个！"

"第一个！"

两个孩子在对古堡的幻想中得到鼓励，变得无比兴奋。

"你看，不远了。"麻石指着山巅说。

"明天，赶在太阳前头爬上去。"

麻石紧紧抓住森仔的手。不一会儿，他们像那只雄厉的大雕一样，闭合上疲倦的眼帘……

五更天，他们又出发了。他们唱着、叫喊着，一口气爬完最后一段山路，黎明时终于登上了山巅！

到了，啊，到了！

古堡

　　他们先是愣愣地站着,像两块石头,接着伤心地哭起来——山顶上根本就没有什么古堡,只有一堆乱石——也许这就是古堡的废墟。

　　这两个孩子忽然双腿一软,扑倒在石头上,好久,他们才爬起来,一副沮丧的面孔。

　　半山腰里,传来了微弱的呼唤声——大概是大人们找上山来了。

　　他们呆呆地坐在山顶上。

　　天色在发生变化——太阳正在升起,先是满天的霞光,紧接着,从白茫茫的雾霭里,露出它的顶部。他们仿佛听到了太阳在升起时发出的"轰隆隆"的声音……它最后一跳,终于全部升上天空,看上去像一枚巨大的橘子。

　　万缕金光,照耀着早晨湿润的群山。大雕在光影里舒徐地飞动。

　　"它不是我们原先看到的太阳。"森仔说。

　　"它不像太阳。"麻石说。

　　"这是太阳吗?"

　　"不是太阳是什么?"

　　这两个孩子坐在山顶上,面对着太阳开始泪汪汪地唱歌,麻石唱一首,森仔唱一首,麻石唱了七首,森仔唱了七首,两人一起又唱了三首……

1982年1月1日于北京大学

　　注:因时间有限,本篇示范朗读为第5页第12段至第7页末尾。

细瘦的洋烛

白 马

1

根鸟记不清他离开菊坡已经多少天了。他已走出山区。离开菊坡后,他就一直往西走。他在直觉上认定,那个长满百合花的大峡谷在遥远的西方。现在来到他脚下的是一望无际的荒漠。

站在荒漠的边缘,他踟蹰了半天。空荡的、漫无尽头的荒漠,一方面使他感到世界的阔荡与远大,一方面使他感到心虚力薄,甚至是恐惧。"我能走过去?"这个念头抓住了他,使他双腿发软。

当太阳高悬在荒漠之上,远处飘散着淡紫的烟雾时,他往上提了提行囊,还是出发了。

前些天,他一直是在山区走。天气虽已进入初冬,但满眼仍是一番生命四下里流动的景色。淙淙流淌的小溪,翠竹与各种苍郁的松树,振动人心的林涛声与深山处清脆的鸟鸣,这一切,使他并无太深的离家感觉,心中也没有太深的荒凉与寂寞。现在,荒漠向他显示的,则完全是另一番景观:空旷,几乎没有生命的气息。偶尔才能看到几丛枯死的草或几丛锈铁丝般的荆棘。即使看到一两棵树,也都已落叶,在没有遮拦的风中苦苦抖索。这里的植物，即使是已经死了，他也能感觉到它们活着时就从未痛痛快快地生长过，它们总是紧紧地伏在地上，唯恐被大风连根拔去。眼下，枯草与荆棘，不是过于地袒露，使他感到它们随时都可能成为荒漠上无家可归的流浪儿，就是被沙石重重地压住，使他感到它们将永世不得翻身或窒息而亡。

空气变得十分干燥，根鸟很快就感到嘴唇的干焦和喉咙的苦涩。到处是大大小小的石头。它们分散着，布满了大地。一眼就能看出，不知多少年前，这里曾经是海洋，海水退尽，无边的洋底从此就裸露在风暴与烈日之下。这些石头与粗沙一起，在那里用劲吮吸着空气里已经不多的湿润。即使是这样，它们还是显出随时要被干裂成碎末的样子。

根鸟用手搓了搓发紧的脸，一步一步地走着。大多数时候，他脑海里一片空白。他既不去想菊坡的父亲，也不去想怀中那根布条以及大峡谷和梦中的紫烟。他就知道走，既无劳累，也无轻松，既无目的，也无行走的冲动。仿佛他根鸟来到这个世界上，就是要不停地搬动双腿，不停地前行，永无止境。

一只黑色的鹰在他的头顶上盘旋。这种盘旋似乎也是无意义的。因为，空中没有飞鸟，地上也无走兽。那鹰似乎也不计较这些，它乐意做这种纯粹的盘旋。就是这道小小的风景，使根鸟的苦旅多了一丝活气和安慰。他在心中飘过一丝感激，并停住脚步，仰脸去望那只黑色的鹰。有那么非常短暂的时间里，那黑色的鹰突然地变成了白色的鹰，并且是那么白，它使根鸟的心中骤然注满了激情。

鹰还是黑色的，就是那种人们司空见惯的鹰。

根鸟不免有点失望，低下头来，继续走他的路。

远处有驼铃声，有一声无一声的，声音非常微弱。根鸟能够判断出，骆驼在很远的地方走动着。他从内心希望，他能在一路上不断地听到这

细瘦的洋烛 / 9

种优美的让人安心的铃声。他需要各种各样的景物，并且需要声音。他要把这些声音吃进耳朵，一直吃进寂寞的心中。

前面是一座大沙丘，在阳光下像一座金山。

根鸟吃力地爬到沙丘顶上。他朝远方看去时，看到了一支驼队正沿着优雅地弯曲着的丘梁往西走着。驼峰与沙丘都是同样的弯曲。骆驼原本就是沙漠之子。它与沙丘构成了一幅图画。而那些因风吹的作用所形成的同样显出旋律感的沙线，又给这幅图画增添了几分音乐的色彩。

这幅图画使从深山里走出的根鸟欢喜不已。

根鸟坐在沙丘上，静穆地观望着驼队。

歇够了，根鸟就加快步伐去追赶那支驼队。他已不再担心夜晚的来临。他可以与这支驼队一起露宿。他相信，那些人不会嫌弃他的。想到此，他心中想唱支歌，但他不知道应该唱什么。最后，他索性呐喊起来。他发现在荒漠上呐喊与在深山里呐喊，效果完全两样。后者是有回音的，而前者，声音一往无前，永远也不能再重新撞击回头了。这使根鸟顿时觉到了一种空寂，他不由得加快了步伐。

他从内心深处感谢这支驼队的出现。

追上驼队时，已近傍晚了。

那些身穿翻毛羊皮袄的赶驼人都掉过头来，用一双双常年穿越荒漠才有的锐利而冰冷的目光看着根鸟。

根鸟有点讨好地朝他们微笑着。

那些人没有主动地向根鸟问话。

根鸟是个容易害臊的男孩，也不好意思先开口与他们搭话。他只是紧紧地跟在驼队的后面，仿佛是一只走失的羊，找不到自己的羊群，而在毫无希望的情况下，发现了一支陌生的羊群，便立即投奔过来。驼队是顶风走的，根鸟总是闻着骆驼身上散发出的那种浓烈的刺鼻的气味。

根鸟并不厌恶这种热烘烘、骚烘烘的气味，他甚至在心中喜欢着这种气味。因为这种气味使他感觉到了荒漠上依然有着鲜活的生命，他现在就与这些生命在一起。他心里有一种说不出的安慰与温暖。

天边，荒漠的尽头，升起一股烟来。这股烟像一根粗硬的柱子，直直的，并且朝天空生长着。

黄昏时，驼队中一个头戴破皮帽的汉子，终于掉过头来开口向根鸟问话："你去哪儿？"

根鸟很高兴，往前快走了几步。但他不知如何回答，于是变得有点结巴："去……去西……西边。"

"西边哪儿？"那汉子不太满意根鸟的回答。

根鸟只好说："我也不知道究竟去哪儿。"

汉子的嘴角就流出一缕嘲笑。

根鸟就低着头走着。走着走着，又落在了驼队的后边。

驼队中有一个与根鸟年龄相仿的少年。他的脖子里围一条火红的围巾，衣服几乎敞开着，露出黑乎乎的胸脯来，一副很快活的样子。这时，他停了下来，一直等到根鸟。根鸟见到他，有一种说不出的亲切感。

少年像那汉子一样问根鸟："你去哪儿？"

根鸟有点局促不安，吞吞吐吐。他心中非常愿意将一切都说出来。他太想将一切说出来了。他憋得慌。他要让那些赶驼人，甚至是这些面容慈祥的骆驼都知道他此行的目的。他要他（它）们知道，他绝不是一个在荒漠上闲逛的流浪儿，或者是一个懒惰的沿路乞讨的乞丐。

驼队在一座高大沙丘的背面停下来了。驼队要在这里结束这一天的行走。不远处是一片湖水，它正在霞光里闪动着安静而迷人的亮光。真是一个宿营的好地方。

根鸟和那个少年坐在沙丘上。

"我要去找一个长满百合花的大峡谷。"

那少年望着根鸟布满尘埃但双眼闪闪发亮的脸。

根鸟眺望着西边的天空。那时的天空壮丽极了。空旷的荒漠，使西边的天空完全呈示出来。霞光从西面的地平线上喷射出来，几只乌鸦正从霞光里缓缓飞过。根鸟十分信赖地看了那个少年一眼，然后从头到尾地讲述他此行的原因。

这个故事显然深深地感染并打动了那个少年。他听得十分入神。

故事讲完后，那个如痴如醉的少年似乎突然地醒悟了过来，脸上换了另一种表情。他朝根鸟一笑，然后飞跑而去，回到了那些人中间。他向那些人说："我知道他向西走是去干什么。"然后，他挖苦地将刚才从根鸟嘴中听到的一切，转述给了那些人。

那个汉子对那个少年说："让他过来，再对我们说说。"

少年又来到了根鸟身旁："他们都想听你说一说你为什么向西走。"

"我都对你说了。你向他们说吧。"

"他们不相信我说的。"

根鸟跟着那个少年走向那些坐着的或侧卧着的人。

根鸟从他们的脸上看到了一种压制不住的笑容。他似乎感觉到了这种笑容是不怀好意的，但他并不能在脑海里形成一个判断。他站在他们面前，手足无措。

那个汉子站起身，将根鸟背上的行囊取下放在沙子上："今天晚上，你就和我们在一起吧。现在，你来说一说你的布条、梦呀什么的。"他一指那个少年说："他嘴笨，没有说清楚。"

根鸟疑惑地坐下了。

"讲吧。"那汉子说，"也许我们中间就有谁知道那个大峡谷呢？"

一个脸长得像马脸的人强调说："一个长满了百合花的峡谷。"

根鸟就又从头讲起来。那些人都摆出一副聚精会神的样子。于是根鸟就很投入地讲着。当接近尾声，根鸟在描绘梦中的紫烟最后一次出现时，首先是那个汉子说了一句："还是一个漂亮的女孩儿呢。"

那些人便一起大笑起来。

有人指着根鸟："世上还有这样的傻瓜！"

"马脸"说："这孩子居然知道想女孩儿了，还想得神魂颠倒！"

那个少年笑得在沙地上直打滚。

根鸟很尴尬地坐在那儿，在嘴中不住地说："你们不相信就拉倒，你们不相信就拉倒……"

那些人越笑越放肆。那个少年正被一泡尿憋着，转过身去撒尿，一边尿一边笑。尿不成形，扭扭曲曲地在他身前乱颤悠。

根鸟看到，只有那个远远地坐着的、苍老得就像这个大荒漠似的老人始终没有笑。

他看了根鸟一眼。根鸟从那对同样衰老的目光里觉察到了一种温暖、一种心灵的契合。

根鸟突然起身，抓起行囊，走开去了。

天终于黑下来。根鸟看着赶驼人在篝火旁喝酒、吃东西、谈笑，自己很清冷地从行囊中掏出一块干硬的饼子，慢慢地咬嚼起来。望着无边无际的黑暗，他心中也是一片苍茫。

那个少年拿了一块被火烤得焦香的羊肉，走到根鸟的身旁："吃这个吧。"

根鸟摇了摇头。

"拿去吧。"

根鸟没有看他。根鸟不想再看他。

那个少年觉得无趣，拿着羊肉转身回到那些人中间去了。

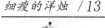

根鸟打开行囊，把所有能穿的衣服都穿到身上。他预感到了荒漠之夜的寒冷。

赶驼人也开始休息，四周就只剩下了一片寂静。

根鸟听到了沙子被踩的声音，不一会，他看到那个老人站在他身旁。

老人坐了下来，望着西边的夜空说："我小时候听说过，在西边的大峡谷里，确实有白色的鹰。"

"那峡谷远吗？"

"我也说不清楚。反正不是三天五天、三个月五个月就能走到的。"

"我可以跟着你们的驼队走吗？"

"不行了。明天一早，我们就要往南走了，而你却是往西走。那个大峡谷在西边。"

老人坐了很久，临走时说："不管别人说什么，你只管走自己的路。"

根鸟看到老人正离他而去，想到明天又得孤身独走荒漠，撑起身子问："大爷，还要走几天，才能走到有人住的地方？"

"三天。"

"那地方叫什么？"

"叫青塔。"

第二天，根鸟醒来时，太阳从荒漠的东方升起来了。东边的沙地，一片金泽闪闪。他发现驼队已经离开了，往南看去只能看到一些黑点点。他随即还发现，他的身上盖着一件翻毛羊皮袄。这是一件破旧的皮袄。他认得，这是那个老人的。他抓着皮袄，站起身来，望着那个即将消失的驼队，不禁心头一热。

2

沙子渐少，一个纯粹的戈壁滩出现在根鸟的脚下，它使根鸟更加觉得世界的荒凉。他向西走着，陪伴着他的，只有他自己单薄的影子。他让自己什么也不想，也不让自己加快步伐，始终以一种不太费劲的步伐，不快但却不停地向前。有时，他想给自己唱支歌，但那些歌总是只有一个开头，才唱了几句，就没有再唱下去的兴致了，于是那歌声就像秋天的老草一样衰败下去。

这天下午，根鸟在荒漠中感受到了一种前所未有的恐怖。那是风造成的。

风从西北方向刮来。在平原，在山里，风来时，根鸟总能看见它们过来的样子：草地、稻或麦子，在它吹过时，像波浪一样起伏着，树在它的压力之下，飘荡起枝条，水则开始沸腾起来。这一切变化，又都会发出声音。因此，根鸟能在好几里之外，就可看到它来势汹汹的样子。那时，他早做好了风扑到他跟前的准备。风是看得见的。狂风时，根鸟仿佛看到千军万马在奔腾。那时的根鸟只有一种冲动而并无恐惧。而戈壁滩上的风，就像是一头跟踪了他许久，瞧他已精疲力竭，且又没有任何提防时而猛扑上来的猛兽。戈壁滩上没有草木，没有河流，风来时，竟没有一点显示。原来，风本身是没有声音的。所谓风声，是风吹到阻拦它的物体之后发出的，实无风声。一头无形的且又是无声的怪物，带给人的只有恐惧。根鸟正走着，突然有一股力量冲撞过来，差一点就将他撞翻。他开始时没有意识到这是风。因为，他既不能看到草浪，也不能看到水波与树摇，当然也不能听到风声。他在作了前行的尝试而都被风顶了回来之后，才意识到这是风。好大的风，但戈壁滩上，却看不见它留下任何一丝痕迹。这种风，就显得充满了鬼气，使根鸟顿觉危机四伏，天底下一片阴森森的。他被风冲撞着，扭打着，而他却全无一点办法。因为没有任何遮拦，风一路过来时便没有任何消耗，力大如牛，几次将根鸟往后推出去好几丈远。根鸟摔倒了几次。他要赶路。他将身子向前大幅度地倾斜着。即使如此，他还是好几次被风顶得直往后打着踉跄。

风不停地刮着，天也渐渐昏暗下来。根鸟除了能听到风从身边刮过时的声音外，偌大一片荒漠，竟像死亡了一般，没有一丝声响。但，它却又让根鸟在一种力量的浪潮里翻滚与挣扎。

根鸟终于找到了一个避风的地方。那是一块巨石。他将身体蜷缩在石头的背面。这时，他才听到了风从石头上吹过时而发出的凄厉的啸叫声。

风终于慢慢收住自己的暴烈。当根鸟听出从石面上擦过的风声已经变成柔和的絮语时，他才敢站起身来。这时，他看见了一轮巨大的苍黄落日。他从未见到过如此巨大的太阳。这太阳大概只有辽阔的荒漠才有。它照耀着已在冬季的西方天空，呈现出一派肃穆与宁静。

根鸟加快步伐朝太阳走去。

当落日还剩下一半时，根鸟翻上了一座高高的土丘。这时，他突然发现在远远的地方，有一个人正在低洼处向西行走。这使根鸟感到十分激动。他朝丘下大步跑去，途中差点摔倒。他一定要追赶上那个人。他心中渴望自己能有一个伴，尤其是在即将被黑夜笼罩的荒漠上。

刚才还很模糊的人影，渐渐清晰起来。

根鸟估计那个行者能够听到他的声音了，便大声地唱起来，那是一段社戏的戏文：

　　　　从南来了一行雁，

有成双来有孤单。
成双的欢天喜地声嘹亮,
孤单的落在后头飞不上。
不看成双看孤单,
细思量,
你的凄凉和我是一般样!
细思量,
你的凄凉和我是一般样!

不知为什么,根鸟在唱这段戏文时,心里总被一种悲悲切切的情绪纠缠着。他竟然唱得自己心酸酸的,两眼蒙了泪花,再看前面那个行者,就只能看到一个糊涂的影子。

那个行者似乎听到了根鸟的歌声。他回过头来,正朝根鸟这边瞧着。

然而,那个行者却并没有停住脚步,而依然背着行囊往西走去。

"这个人!"根鸟觉得这个人实在不可理喻。如此空大的荒漠,独自一人行走,多么寂寞!既然可以有一个人与自己结伴而行,这不是求之不得的事情吗?那行者居然丝毫不在意荒漠中突然走出一个人来,在回首望过一次之后,就再也没有回过头来。根鸟却是不停地加快着步伐。根鸟才不管那人究竟是一个什么样的人呢,只要是人,就愿意走近他,与他一道前行。渴望见到人的心情,就像一只飞行了数天而饥渴难熬的野鸽子渴望见到清水一般。

太阳渗入了西方的泥土。

那个行者,只剩下一个细长的黑影。

根鸟追赶着。荒漠中的距离,很让根鸟迷惑。明明见着前面的目标离自己并不很遥远了,但要追上,却很费力气,那距离仿佛是不可改变的。

行者的身影渐渐消失了。

但根鸟能够感觉到那个行者依然在他前面不远的地方行走着。

根鸟终于失去追赶上那个行者的信心,在一个土丘的顶上停住,放下了行囊。他要结束今天的行走了。他很失望。今天这一夜,他将独自一人露宿这片荒漠,然后受那四面八方的寂寞的包围,在清冷中一点一点地熬过,直熬到日出东方。

月亮飘起来了,像一枚银色的、圆圆的风筝。它真是飘起来的,而不是升起来。这大概是因为荒漠中袅袅升腾起薄雾而形成的效果。

根鸟望着月亮,咬着饼子,脑海里依然一片空白。

根鸟躺下后,希望能在梦里见到菊坡的父亲,更希望梦见大峡谷和紫烟,然而他什么也没有梦着,只梦见一些支离破碎的、奇奇怪怪的场景、人物或其他东西。

月亮仿佛只是给他一个人照着,并且无比温柔和明亮。

第二天,根鸟才发现,那个行者并未远走,而是在离他不远处的另一个土丘上坐着。

中午时分,根鸟终于追上了那个行者。

"你好。"根鸟向他打着招呼。

那行者很迟钝地侧过脸来,看了一眼根鸟,点了点头。

"你去哪儿?"根鸟问道。

那行者走出去十几步了,才用手指向西指了指。

"我也是往西边走。"根鸟很高兴。

在很沉闷的行走中,根鸟悄悄地打量了这个行者:衣衫褴褛,一顶毡帽已经破烂不堪,背上的行囊简直就是一捆垃圾;脚上的鞋已多处破裂,用绳子胡乱地捆绑在脚上;身体高而瘦,背已驼,脸色苍黑,长眉倒很好看但已灰白;或许脸型本就如此,或许是因为过度的清瘦,颧骨与鼻梁都显得很高，嘴巴也显得太大，并且牙床微微凸出；最是那一双眼睛，实在让人难忘，它们在长眉下深深隐藏着，目光却在底部透出一股幽远、固执，还含了少许冷漠。

在一座土丘的坡上，他们坐下来，开始吃东西。这时，根鸟又注意到了那双手：十指长长，瘦如铁，苍老却很劲道。

根鸟要将自己的饼子分行者一块，被行者摇手拒绝了。行者啃着一块已经发黑的干馍，目光依然还在前方。

这一天里，根鸟也没有听到那行者说过一句话。然而根鸟知道，那行者并不是一个哑巴。

晚上，他们同宿在一座山丘的背风处，还是默然无语。但根鸟感觉到，那行者已经默认了他是自己的一个同伴，目光里已流露出淡淡的欢喜。

又一天开始后不久，那行者终开始说话。那是在他见到前方一株矮树之后。他望着那几天以来才看到的唯一的一棵树，站住了。他的那张似乎冻结了的脸，仿佛是死气沉沉的湖水被柔风所吹，开始微波荡漾。他说："我们快要走出这荒漠了。"他的声音是沙哑的，似乎已多日不与人说话，因此，这句话从嘴中吐出时，显得十分艰难，极不流畅。

根鸟既为行者终于开口说话，更为了那句由行者说出口的话而在心中充满一派亲切与激动，因为，行者说的是"我们"快要走出这荒漠了，也就是说，他们已经是一道的了，根鸟已不再是一人了。

他们一起走到那棵其貌不扬的树下。这是一棵根鸟从未见过的树。但这无所谓。他们现在想到的只是这棵树向他们透露了一个信息：荒漠之旅已经有了尽头。

他们告别了这棵矮树，朝前方走去，脚步似乎变得轻松了许多。

一路上，那个行者仿佛突然被唤醒了说话的意识，尽可能地恢复着因经久不用而似乎已经丧失了的讲话能力。他不仅能够愉快地来回答根鸟的问话,还不时地向根鸟问话。当他从根鸟的嘴中得知根鸟西行的缘由时,不禁靠近根鸟,并用一只冰凉的手,紧紧抓住了根鸟的手,目光里含着亲切的与诗一样的赞美。

太阳即将再一次落下去时,根鸟知道了他的名字:板金。根鸟还知道,他过去居然做过教书先生。

但当根鸟希望知道板金西行的缘由时,板金只是朝根鸟一笑,并没有立即回答。根鸟并不去追问,因为,他已感觉到,板金正在准备将心中的一切都告诉自己。

这天晚上的月亮出奇的亮。空中没有一丝尘埃,那月光淋漓尽致地洒向荒漠,使荒漠显得无比深远。空气已经微带湿润,森林或湖泊显然已在前边不远的地方。根鸟和板金一时不想入睡,挨得很近地坐着,面朝荒漠的边缘。

板金从怀中摘下盛酒的皮囊,先喝了一口,然后递给根鸟:"小兄弟,你也来喝一口。"

"板金先生……"

"我今年五十岁,就叫我板金大叔吧。"

"不,我还是叫你板金先生。"

"随你吧。"

"我不会喝酒,板金先生。"

"喝一口吧。"

"我只喝一口。"

"就只喝一口。"

根鸟喝了一大口酒,身上马上暖和起来。

板金喝了十几口酒,说:"小兄弟,好吧,我告诉你我往西走的缘由。"他望着月亮说:"我的家住在东海边上。我是从那里一直走过来的,已经走了整整五年了。"

"五年了?"根鸟吃了一惊。

"五年了,五年啦!"板金又喝了一口酒,"记不清从哪一代人开始,我的家族得了一种奇怪的毛病,凡是这个家庭的男子,一到十八岁,便突然地不再做梦……"

"这又有什么?"根鸟既觉得这事有点奇怪,又觉得这事实在无所谓。

"不!小兄弟,你大概是永远不会理解这一点的:无梦的黑夜,是极其令人恐惧的。黑夜长长,人要么睁着双眼睡不着,在那里熬着等天亮,要么就死一般地睡去,一切都好像进入了无边的地狱,醒来时,觉得这一夜黑沉沉的,空洞洞的,孤独极了,荒凉极了,那感觉真是比死过一场还让人恐怖。在我的记忆里,我的家庭中,曾有两个人因为终于无法忍受这绝对沉寂的黑夜,而自尽了。其中一个是我的叔父。他死时,我还记得。他是在后院的一棵桑树上吊死的。为了治好这个病,我们这个家族,一刻也没有放弃寻找办法,然而,各种办法都使过了,仍然还是如此。我们这个家族的男人,都害怕十八岁的到来,就像害怕走向悬崖、走向刑场一样。在这个年龄一天一天挨近时,我们就像在黑暗中听着一个手拿屠刀的人从远处走过来的脚步声,心一天一天地发紧。许多人不敢睡去,就用各种各样的办法让自己醒着,长久之后,身体也就垮了。我们这个家族的人,衰老得比任何人都快……"板金喝了一大口酒。

根鸟不知道为什么忽然感到有点寒冷,从板金手中拿过皮囊,也喝了一大口酒。

"小兄弟,你现在多幸福啊!你能做梦,做各色各样的梦,你居然能梦见一个长满百合花的峡谷!你还要什么呀,你有梦呀!你有那么好的夜晚,那夜晚,不空洞,不寂寞,有声有色的。哪怕是一场噩梦呢——噩梦也好呀,一身大汗,醒来了,你因摆脱了那片刻的恐惧,而在心里觉得平安地活着,真是太好了,你甚至在看到拂晓时的亮光已经照亮窗纸的时候,想哭一哭!梦是上苍的恩赐!"他仰脸看着月亮,长叹了一声,"我不明白,天为什么独独薄我一家?我不明白呀!这世界,你是看到了,不尽如人意呀!那长夜里再没有一个梦,人还怎么去活?太难啦,真是太难啦!……"

根鸟借着月光,看见板金的眼中闪烁着冰凉的泪光。他将皮囊递到了板金手中。

板金将皮囊摇晃了几下,听着里面的酒发出的叮咚声:"躲不开的十八岁终于来了!就在那天夜里,我像我的祖辈们一样,突然地好像跌进了坟墓。那一夜,好像几十年、几百年,无边无底的黑暗。那黑暗推不开、避不开。终于醒来时,我就觉得自己心都老了。我坐在河堤上,望着河水,将脸埋在双腿中间哭起来……"

"喝点酒吧,喝点酒吧,板金先生。"

板金仰起脖子,大口大口地喝着酒。因为过猛,酒从嘴角流出,在月光下晶晶闪亮。

"眼见着,我自己的儿子已长到十岁了,我终于在一天晚上,离开了家。那时儿子已经熟睡。临出门时,我借着灯光,看到他的嘴角流露着甜甜的微笑。我知道,他还在做梦,做一个好梦。那时,我在心里发誓,我一定要让我的儿子,每天夜里,都能有梦陪伴着他,直到永远。内人一直将我送到路口,我说:'我一定要将梦找回来!'"

根鸟苦笑了一声:"梦怎么能找回来呢?"

"能!"板金固执地说,"一定能的!我知道它在哪儿。梦是有灵性的,梦就跟你见过的树林、云彩、河流一样,是实实在在的,是真的,真真切切。它丢失了,但它还在那儿!"

"你到哪里去找呀？"

"西边。我知道它在西边。"

"你怎么能知道呢？"

"我当然知道！"板金回忆道，"就在丢失梦的头一天夜里，我梦见了我的梦消逝的情景。它像一群小鸟，一群金色的小鸟，落在一棵满是绿叶的树上，忽地受了惊吓，立即从树上飞起，向西飞去了，一直向西。当时，天空金光闪闪，好像飘满了金屑。不久，就一一消失了，无声无息地消失了，消失在了西边，只剩下一片黑色的天空……"

根鸟不由得站起身来，朝西边的夜空望去。

板金将皮囊放在地上，也站起来，将一只无力的手放在根鸟的肩上："小兄弟，我们都是在做同样的事。我比你大得多，但我们是兄弟！"

空气里，飘来微弱的松脂气味。

"明天，我们就能到青塔。"板金说。

3

青塔是一个小镇。

根鸟和板金是在第二天中午时分，看到这个小镇的。他们走出荒漠，翻过最后一道大土丘之后，立即看到了一片森林，随即又看到了立在被森林包围着的一座小山上的塔。塔形细长，在阳光下呈青黑色。透过树木的空隙，他们依稀看见了小镇。那时正是午炊时间，一缕缕炊烟，正从林子里袅袅升起。那烟都似乎是湿润的。

根鸟顿时感到面部干紧的皮肤正在被空气湿润着，甚至感到连心都在变得湿润。

在往镇子里走时，板金说："我们没有必要向他们诉说我们西行的

两个乞丐

缘由。"

根鸟不太领会板金此话的意思。

板金说:"让别人知道了,除了让他们笑话我们之外,你什么也得不到。一路上,我已受足了别人的嘲笑了。那天,你在路上问我为什么向西走,我没有立即回答你,也就是因为这个缘故。也许,这天底下两个最大的傻瓜,确实就是我俩。"

根鸟点了点头。

他们走进了小镇。镇上的人很快发现了他们。他们的体型、面相、脸色以及装束,告诉这个小镇上的人,这两个浑身沾满尘埃的人,显然来自遥远的地方。老人与小孩的、男人与女人的目光,便从路边、窗口、树下、门口的台阶上等各个地方看过来。他们意识到了自己的被看,下意识地互相看了看,发现自己确实与这个镇上的人太不相同了。因为是被看,他们显得有点尴尬与不安,尤其是根鸟,几乎不知道怎么走路了。板金将一只手放到根鸟的肩上。这一小小举动的作用是奇妙的:它使根鸟忽然地觉得他不是孤身一人,他可以满不在乎地看待这些目光。他甚至还有一种小小的兴奋——一种被人看而使自己感到与别人不一样、觉得自己稀奇的兴奋。

他们在小镇的青石板小街上走了不一会儿,居然从被看转而去看别人了:这里的人,穿着非常奇特,男人们几乎都戴着一顶毡帽,身着棕色的衣服,脚着大皮靴,女人们头上都包着一块好看的布,衣服上配着条状的、色彩艳丽的颜色,手腕上戴着好几只粗粗的银镯;这些人脸显得略长,颧骨偏高,眼窝偏深。根鸟印象最深的是那些孩子,男孩们或光着脑袋,或戴了一顶皮帽,那帽耳朵,一只竖着,一只却是耷拉着的,女孩们身着长袖长袍,跑动时,那衣摆与长袖都会轻轻飘动起来,无论是男孩还是女孩,眼睛都亮得出奇,使人感到躲闪不及。

他们在塔下一座废弃的小木屋里暂且住下了。他们决定在这里停留几日，一是因为身体实在太疲倦了，二是因为他们都已身无分文，且已无一点干粮，他们要在这里想办法搞点钱和粮食，以便坚持更漫长的旅程。

整整一个下午，根鸟都在睡觉。醒来时，已是傍晚了。

板金没有睡。他一直坐在那里。睡觉对于他来说，并不是一件让他高兴的事。他见根鸟醒来了，说："我们该到镇里去了。"

根鸟不解地望着板金。

"你难道还没有饿吗？"板金从行囊里取出一个瓦钵。

根鸟立即明白了板金的意思：到镇里乞讨。顿时，他的心中注满了羞耻感。他显得慌乱起来，把衣服的纽扣扣错位了。

"这就是说，你还没有乞讨过？"

根鸟点了点头。这些天，他一直在花着他离家时父亲塞给他的钱。那些钱，几乎是父亲的全部积蓄。他非常节省地花着，他还从未想到过他总有一天会将这些钱全部花光，到那时怎么办。这是一个让他感到局促不安的问题。他低垂着脑袋，觉得非常茫然。

"小兄弟，天不早了，我们该去了。"板金显得很平静，那样子仿佛要去赴一个平常的约会一般。

根鸟依然低垂着脑袋。

"走吧。"

"不。"

板金望着手中的瓦钵："我明白了，你羞于乞讨，对吧？"

根鸟不吭声。

"我们并不是乞丐，对吗？"板金望着根鸟。

"可你就是在乞讨。"

两个乞丐

"乞讨又怎么样？乞讨就一定是很卑下的事情吗？"板金倚在木屋的门口，望着那座青塔说，"当我终于将身上的钱在那一天用完，开始考虑以后的旅程时，我的心情就像你现在的心情一样。记得，有两天的时间，我没有吃饭。渴了，我就跑到水边，用手捧几捧水喝，饿了，就捡人家柿子树上掉下来的烂柿子吃。那天晚上，我饿倒了。躺在草丛里，我望着一天的星光，在心中问自己：你离家出走，干什么来了？你要做的事情，不是一件卑下的事情，你是去寻找丢失了的东西，而且是最宝贵的东西。为了寻回这个东西，你应当一切都不要在乎——没有什么比寻回这个东西更了不得的事情了。"他转过身来说，"如果在家中，我板金还缺这些残羹剩菜吗？不瞒你说，我家在东海边上，有百亩良田，是个富庶人家。可当我失去了梦之后，这一切对我来说，又算得了什么？我必须去找回属于我和我的家族的东西。当那天我挣扎着起来，跑到人家的地里，用手刨了一块红薯坐在田埂上啃着时，那块地的主人来了。他看着我，一句话也没有说。但我从他的眼中看到了深深的鄙夷。但我要感谢这种目光，因为，它反而使我在那一刻突然地从羞耻感里解脱出来。这就像是一桩被隐藏着的不光彩的事情，忽然被人揭穿了，那个因藏着这件不光彩的事情而日夜在心中惴惴不安的人，反而一下子变得十分坦然了一样。我啃完了那只红薯，朝那人走过去，抱歉地说，我饿了，吃了你家一只红薯。我的平静，让那人吃了一惊。我对他说，我既不是小偷，也不是乞丐。但其他话，我什么也没有说。他也没有问我，只是说：去我们家吃顿饱饭吧。我说，不用了，我现在又可以赶路了……"

根鸟还是无法坚决起来。托钵要饭，他毕竟从未想过。他只记得自己曾经嘲笑过甚至耍弄过一个途经菊坡的小叫花子。

板金用树枝做成的筷子敲了敲瓦钵说："就说这只瓦钵吧，是我捡来的。因为我离家出走时，就从未想到过我必须沿路乞讨。那是在一户人家的竹篱笆下捡到的。它或许是那人家曾经用来喂狗的，又或许是那人家曾用来喂鸡鸭的。但这又有什么？谁让你现在一定要往西走，去做一件应该做的事呢？我用沙土将它擦了半天，又将它放在清水里浸泡了半天。它是一只干净的钵子——至少是在我心中，它是一只干净的钵子。不要想着它过去是用来做什么的，你只想着它现在是用来做什么的，又是为了什么来用它的就行了。一切，你可以不必在意。你在意你要做的大事，其他的一切，你就只能不在意。那天傍晚，天像现在一样好，我托着这只钵子，开始了一路乞讨……"他又用筷子敲着瓦钵。那瓦钵发出清脆悦耳的声音。

但根鸟还是说："你去吧，我不饿。"

板金没有再劝他，走出门去。他走了几步，回过头来说道："你会去乞讨的，因为你必须要不停地往西走，去找你的大峡谷。"

4

正如板金所预料的那样，根鸟终于在第二天饿得快要发昏时，开始拿着板金给他从人家要来的一只葫芦瓢，羞愧地走进镇子。板金本来是可以多要一些东西回来吃的，但板金当着他的面，将一钵饭菜倒进了小木屋门前的河里。一群鱼闻香游过来，一会儿工夫就将那些饭菜吃完了。

根鸟先是跟在板金身后躲躲藏藏，但最终难逃一路的目光。他希望能像板金那样自然地、若无其事地走在镇上，但怎么也做不到。中午时，一个小女孩的目光彻底改变了他。当时，他正畏畏缩缩地走向一户人家的大门。此刻他希望板金能够在他身后或在身旁，然而板金却大步地走开去了。他只好硬着头皮走上前去。大门开着，一条小黑狗在屋内摇着尾巴，并歪着脑袋，用黑琉璃球一般的眼睛打量着他。他像躲藏似的将身体靠在墙上，而将手中的瓢慢慢地伸向门口。有很长一阵时间，那瓢就停在空中微微地颤抖着。

屋里静悄悄的。

根鸟终于用把握不住的颤音问："屋里有人吗？"

从里屋走出一位老奶奶来。

根鸟举着瓢，却将脑袋低垂着。他听见脚步声停止了片刻之后，又再度响起，但声音渐小。不知过了多久，脚步声又来了，并渐大。脚步声停止之后不久，他感觉到手中的瓢正在加重分量。

"奶奶，你在做什么？"

根鸟听出来了，那是一个小女孩的声音。她正从里屋往这边跑来。

"奶奶，你在做什么？"小女孩大概明白了奶奶在做什么，这句话的声音就慢慢低落下来，直低落得几乎听不见。

屋内屋外，都在沉默里。

"你可以走了，孩子。"老奶奶的声音里似乎并无鄙夷。

大概是出于感激之心，根鸟抬起头来想说句什么。就在这一刻，他看到了那个半藏在老奶奶身后的小女孩的眼睛。这双眼睛在长长的睫毛下，奇异但仍然十分清纯地看着他。这双眼睛突然使根鸟想到了深夜里的紫烟同样清纯的目光。唯一不同的是，紫烟的目光里含着忧伤与期望。也就在这一刻，根鸟内心深处的羞耻感随风而逝。他才忽然地彻底明白，他此刻到底在做什么。他像一个大哥哥一样，朝那女孩儿微微一笑。他就仿佛是这个人家的一个男孩儿，因吃饭时也惦着外面的事情，便托着饭碗走出家门一样，端着装满热气腾腾的饭菜的葫芦瓢，沿街走去。

中午的阳光非常明亮。

青塔镇的全体居民很快就知道了：青塔镇来了两个乞丐。但他们从这两个一老一小的乞丐眼中却竟然看不到一丝卑下。

除了乞讨，根鸟和板金还在这里想着一切办法去挣钱。

有些人好奇，想打听他们的故事，但看他们都不肯吐露，也就只好作罢。他们在给人家干活时，都十分卖力。青塔镇的人也就不嫌弃他们，任由他们在这里住着。

他们在这里一住就是十几天。他们当然希望每天都走在路上。但他们又必须不住地停下挣一些盘缠以便完成后面的路程。青塔这个地方，民风古朴，那些雇主，出手都很大方。他们当然不能轻易放弃挣钱的机会。

这天傍晚，根鸟和板金都将自己钱袋里的钱倒在地上。他们数了数，两人都感到心满意足。板金说："明天，我们该离开这里上路了。"

晚上，他们不再乞讨，而是将自己洗得干干净净，走进了镇上的小酒馆。他们面对面地坐下，要了酒和菜。

坐在酒馆里的人都回过头来看他们。

回到小木屋，已是深夜了。

也就是在这天夜里，根鸟生病了。他是在天亮之后，才发现自己生病的。当时，板金一边收拾行囊一边催促他："你该起来了，我们要早一点赶路。"他答应了一声，想起来，但立即感到头晕目眩，支撑着身体的胳膊一软，又跌倒了下去。

板金发现了根鸟的异样，问："你怎么啦？"

根鸟含糊不清地回答着："我起不来了。"

板金赶紧将手放在根鸟的额头上，随即惊讶地叫道："好烫啊！"

根鸟正发着高热。他面赤身虚，嘴唇干焦，两只手掌却湿漉漉的。

根鸟说："你先走吧，我比你走得快，我会赶上你的。"

板金摇了摇头："你只管躺着，我出去一会儿。"

板金走后，根鸟在小木屋一动不动地躺着。他觉得血热乎乎地很浓稠地在血管里奔流，脑袋嗡嗡地响着，想事情总也想不清楚。他的眼皮沉得难以张开，眼珠好像锈住了一样难以灵活地转动，一副神志不清的样子。他又昏昏沉沉地睡去了。

板金去药店抓了药回来时，根鸟正在浑身哆嗦。他想控制住自己，可哆嗦却根本无法阻止。他缩成一团，仿佛是刚从冰窟窿里被人救出来似的。他的牙齿在格格格地碰撞着。他不知道自己到底怎么了，心里很害怕。

板金说："你病得不轻呢。"他让根鸟吃了药。

根鸟心中很感歉疚。

板金觉察到了根鸟心中的念头，说："我会留在你身旁伺候你的。"

根鸟的病并没有立即好起来。高烧一直持续了好几日也没完全退下去。板金请来了医生。医生看完病之后说："这病要好利落，恐怕还得有一些日子。"他留下了一些药。

根鸟心中十分焦急。他总想起身，可总是被板金阻止了。

夜晚，当四周变得一片沉寂时，根鸟便会在心中思念起菊坡来。人在外生病时，往往要想家。有一阵，他居然想不起父亲的样子来，这使他非常着急和恐慌。他记不清他离开父亲到底有多少天了。他猜想着父亲在他走后是怎样度过那一个又一个清冷的日子的，心中不时会产生一股伤感。他希望能在梦中与父亲会面，但却一直没有这样的梦。

难得睡觉的板金很善解人意，总是坐在根鸟的身旁，由根鸟自己去絮叨他的菊坡、他的父亲。每当根鸟到了伤感处，板金总是安慰他："你父亲会好好的。你现在要想的是让身体早点好起来，去实现他的意愿。"

在板金的精心照料下，根鸟的高烧终于退去。但因为身体虚弱，他还不适宜上路。

那天，板金坐在门口，正被阳光照着时，躺在那里的根鸟看到板金的头上已有了许多白发。那些白发在阳光下闪耀着惨淡的银光。不知道为什么，他的心头酸了一下，眼睛就湿了。过了一会儿，他说："板金先生，你不用再等我了。"

板金摇了摇头。

"我的病已经好了，我很快就能上路，我一定能追上你的。"

又过了一天，板金出去后不久，领回两个人来。根鸟借着门口的亮光，认出了就是他第一天乞讨时看到的老奶奶和那个小女孩。板金说："小兄弟，我真的不能等你了。我已把你托付给了这位好心的奶奶了。"

下午，当根鸟支撑着虚弱的身体，走进老奶奶家时，板金却在门口站住了。他对老奶奶说："大娘，这可是天底下最好的孩子。"他在根鸟的肩上拍了拍："我们还会相遇的。认识你真高兴。"说罢，背着行囊掉过身去。

"板金先生，你慢走。"眼泪已从根鸟的眼角滚下，然后又顺着他的鼻梁直往下滚动。

板金掉过头来，大声说道："想着那个长满百合花的大峡谷！"

根鸟晃动着单薄的身体，力不从心地走出去几步，然后就一直站在那里向板金的背影摇手。

5

过了六七天，根鸟的病终于好利落了。但他没有立即上路。他要在青塔留下。他心中有了一个让他激动的念头——他要在这里挣钱买一匹马！产生这个念头，是在这一天的黄昏时分。当时，他正帮着老奶奶将一箩米从水磨坊往家里抬，忽然听到了鼓点般的马蹄声。随即，他就看到了一个中年汉子骑着一匹棕色的高头大马,从东边疾驰过来。那马的长尾横飞在空中,那汉子则抓着缰绳紧紧地伏在马背上。马从根鸟面前疾飞而过,使根鸟的耳边刷刷有风。那马朝霞光里跑去,不一会儿,就只剩下了一个黑点。夜里,根鸟就一直回味这个情景。那个念头也就生长起来。他不能再这样仅仅靠着双腿慢吞吞地走下去,他必须有一匹马。他可能因为挣钱而耽误时间,但有了马之后,耽误下的时间会很快补回来。他后悔这个念头来得太迟了,只觉得步行是十分愚蠢的。

根鸟没有向老奶奶说明他为什么要买一匹马,他又为什么要西行,只是说,他想在这里挣一笔钱买一匹马。老奶奶总觉得根鸟以及那个已经离去的板金,在他们心中藏着一个很了不起的心思,这两个神秘的人绝不是凡人。尽管,她什么也不清楚,但她在心中认定,这绝非是两个普普通通的流浪汉或乞丐。既然根鸟和板金都不愿意向她和她的家人说明一切,她也不便去追问。她只是在心中高看着这两个异乡人。那天,她指着根鸟的背影对孙女说:"这位小哥哥,恐怕不是一般的人。"当老奶奶听说他要留下挣钱买马时,说:"我家房子大,你就只管住下。"她还为根鸟找了一份挣钱的活,让他随小女孩的父亲到后面的林子里去伐木。

又歇了两天,根鸟便跟着大叔走进了伐木场。

伐木场就在镇子后边,大概走一顿饭的工夫就能走到。根鸟的活,既不是挥斧砍伐,也不是与人抬那些粗大的松木,而是扛那些较细的杉木。离林子大约两里地,便是一条江。无论是松木还是杉木,都必须运到江边,然后将它们推入江中,让它们随江流往下游漂去。漂到一定的关口,在那里守着的一伙人再将它们编成木排,然后进入内河,运到各个地方。

大叔对根鸟说:"这是一个重活。你不必太老实,可挑一些细木扛。"

初见伐木场，倒也让根鸟很兴奋。远处，不时地看到一棵耸入云天的大树，随着咔嚓一声脆响而倒下，直将那些矮树与藤蔓砸得稀里哗啦，让人惊心动魄。那些巨木，得有八个人抬，遇到更大的，得有十二个人抬。扁担必须一起上肩，脚步必须统一迈开，那号子声在扁担未上肩时，就已经由其中一个声音洪亮并富有鼓动力的人喊开了：

  杭育，杭育，
  扁担长呀，扁担短呀，
  腰别弯呀，腿莫软呀，
  抬起脚呀，朝前走呀。
  杭育，杭育，
  朝前走呀，别发抖呀，
  挣了钱呀，娶小妞呀，
  热炕头呀，喝老酒呀……

根鸟觉得十分有趣，并被那号子声感染，虽然只是扛了根细木头，也不由自主地随着那号子声的节奏，一步一步地往江边走。

根鸟扛着木头，心中总是想着一匹马。他把马想象成无数的样子，并想象着自己骑马走过村庄、田野，跨越溪流与沟壑时的风采。这样想着，他才能坚持着将木头一根一根地扛到江边。他不想偷懒，既然挣人家的钱，就得卖力气。然而，他的肩头毕竟还嫩，即使扛一根细木，走两里路，也不是一件容易的事情。常常是在离江边还有一大段路时，两腿就开始发软，肩膀也疼得难以忍受。身体一晃荡，长长的木头就在肩头翘上坠下地难以把握，不是前头杵到地上，就是木梢挨着了地面。每逢这时，根鸟就用双手紧紧抱住木头，咬牙将它稳住。

根鸟的窘样，已被那个叫黄毛的汉子几次看到。黄毛朝根鸟冷冷一笑："这个钱不是好挣的。"

根鸟低下头，赶紧走开去。他不想看到那人的一头稀拉的黄发、一双蝌蚪一样的眼睛和那张枯黄色的面孔上嘲笑的神情。

根鸟的工钱是按木头的根数来计算的。因此，即使是那些伐木人都坐下来休息了，他还坚持着将木头扛向江边。他只想早点挣足买马的钱，早点上路，早点赶上板金，早点寻找到大峡谷。有时，当他将木头扛到江边，看那木头跌入滚滚的江水被冲走时，他也会有片刻的发愣，仿佛忽然怀疑起自己的行为来：我到底是在干什么？又是为了什么？他想瘫坐在江边，空空地看那江水东去。但，他很快就会振作起来，朝江水望一眼，又转过身走向伐木场。

日子就这样一天一天地过去了。最初几天，根鸟总觉得自己是在挣扎着做那一份活的。夜晚躺在床上，他全无别的感觉，有的只是腰腿酸痛和肩膀在磨破之后所产生的针刺一般的锐痛。但他忍受住了。再后来，他也就慢慢地适应了。虽然劳累，但已没有了开始时的痛苦。他的钱袋里已渐渐地丰满起来。夜晚它在他的枕边陪伴着他，使他觉得白天的劳累算不了什么。他计算着耽误了的日子，计算着人的双腿所走的速度和马所跑动的速度，觉得自己挣钱买马的举动完全是聪明的。他还为自己的聪明，很在心里得意了一番。

他只是嫌挣钱挣得太慢。过了一些日子，他居然跟大叔说："我也想抬松木。"

"你恐怕不行，这得有一把好力气。"

"让我试试吧。"

根鸟的个头在同龄人中算是高的，身体也还算是结实。与众人一起抬那巨木，虽然很勉强，但却硬是顶下来了。加上大叔暗中帮他，尽量少往他肩上着力，他居然一天一天地拿了抬松木的钱。

那黄毛不免有点嫉妒："屁大一个孩子，也居然与我挣一样多的钱！"

在粗野而快乐的号子声中，在扁担的重压之下，长时间被野外寒风侵蚀的根鸟，皮肤粗糙起来，眼中居然有了成年男人的神情。他不再像开始时听那号子而感到害羞了。他混在那些身上散发着汗酸味的人群里，也声嘶力竭、全身心投入地喊着那些号子。有时，汉子们会笑他。他的脸就会一阵发热，但沉默不了多一会儿，他就又会把害羞一点点地淡化了，而与那些人迈着同一的脚步，把那号子大声地在森林里、在通往江边的路上喊起来。

这天，他坐在林中的小溪边与那些伐木人一起休息时，突然发现小溪里的水开始饱满起来，并见到那一直不死不活的流淌变成了有力的奔流。他再去眺望不远处低矮的山梁，发现山头的积雪已经开始融化，而露出潮乎乎的黑顶。"冬天快要过去了。"他心里不由得一阵兴奋，站起身来。这时，他看到高大的松树，正在阳光下滴滴答答地流着雪水。

总是蒙在青塔镇上空的冬季阴霾，终于在一天早晨被南来的微风吹散。小镇开始明亮起来，街道似乎拓宽了许多，人们的脸色也鲜活起来。甚至连狗与猫都感到了一个季节的逝去而另一个季节正从远方踏步而来，在街上或土场上欢乐地跑动着，那狗的吠声都似乎响亮了许多。镇子南边的那座塔，也变得十分清晰，在天空下静穆地矗立着，等待春季的来临。

根鸟数了数钱袋里的钱，又打听了买一匹马的钱数，心里有底了：当春天真的到来时，他便可以骑着一匹马，优雅地告别青塔镇而继续他的旅程。

半个月后的一天早上,他把钱袋揣在怀里,来到离青塔镇大约五里地的骡马市上。

这里有许多马。它们来自四面八方,其中有一些来自北方的草原,是真正的骏马。它们或拴在树上,或拴在临街吊脚楼的柱子上,或干脆被主人牵在手中。一匹匹都很精神,仿佛一有风吹草动,它们就会长嘶一声,腾空而去。

根鸟显出一副很精明的样子,在人群中转悠,却并不让人看出他要买一匹马。他看人们品评马,听着买卖双方讨价还价时近乎于吵架的声音。

临近中午时,根鸟已经看中了一匹黑马。那马的个头并不算十分高大,但异常矫健,毛色如阳光下的绸缎,两眼晶晶闪亮,透出无尽的活力与奔驰的欲望。他已摸清了马的岁数以及卖出的钱数。他的钱是够了,但,果真照这个钱数买下,他的钱袋便几乎是空的了。他让自己沉住气熬一熬时间。他不怕它被别人买去,因为他一直在观察,并无多少人去打听这匹马的身价。他满有把握能在今天用少一点的钱将它买下。他还想去看看是否有比这匹马更好更合算的马,便看了一眼那匹黑马,暂且走开了。

根鸟正走着,忽听有人在后面叫他:"根鸟!"

根鸟掉头一看,是那个黄毛,便站住了。

"你是来买马的?"黄毛用手指梳着他稀稀拉拉的黄发。

根鸟点了点头。

"走,咱们去那边的酒馆喝点酒。"

"我……"根鸟支吾着,"我就不去了。"

黄毛指着根鸟的鼻子:"不给我面子?"

"不,不不不,我不会喝酒。"

"不会喝，对吧？那你就陪你大哥喝一杯如何？别忘了，我们一起抬了整整一个冬季的木头，这点交情总还是有的吧？"

根鸟掉头望着那匹黑马。

"你想买那匹黑马，对吧？它跑不掉。听我说，熬到下午，你要省下不少钱。你要钱用。你要走路。你要干什么去，你不肯说，我也不打听。但你肯定需要钱。那是你的血汗钱，能省则省。万一那匹黑马被人买去了，大哥我再帮你另选一匹。跟你说你大哥是相马专家，祖上三代，都是吃相马这碗饭的。我就站在这里瞧，告诉你，那黑马算不得一匹上乘的马。"黄毛说罢，拉住了根鸟的胳膊，直将他朝一家酒馆拉去。

根鸟也就只好跟着黄毛。

进了酒馆，黄毛将根鸟按在凳子上："你就只管踏踏实实地坐着。今天，我请客。我知道你马上就要离开青塔了，算大哥为你饯行，谁让我喜欢你这个小兄弟呢！"

根鸟反而很不好意思了："黄毛大哥，还是我来请你吧。"

"你算了。我知道你路上要钱用。我又不出门，要钱有什么用？"黄毛朝柜台叫着，"掌柜的，切一大盘牛头肉，来一壶烧酒，再来两只酒盅。"

根鸟忽然觉得，这个黄毛原是个侠肝义胆之人，自己过去对他的印象全是不对的。加之即将分手，心中不禁顿生一分亲切与惜别之情，竟安静地坐在那儿不动，只管将自己看成是一个弱小且又乖巧的小弟，等着大哥的一番心意。

黄毛给根鸟斟了满满一盅酒："喝，兄弟！"

根鸟今天还真有喝酒的冲动，竟一仰脖子，将一盅酒全都倒进嘴中。

"从你扛木头的那一天起，我就看出你是一个好样的。有种！没有种，能独自一人走天下？你，兄弟，你想想，你明天就要骑着一匹马，独自一人往前走，那是一番什么情景？你过村庄，走草地，你好风光！

兄弟，你就像个游侠！"黄毛一边说，一边又将根鸟面前的酒盅斟得满满的，"来，喝！"

根鸟糊里糊涂地就喝了好几盅。他觉得满脸发涨，且又惦记着外面的那匹黑马，便说："黄毛大哥，我不能喝了。"

但他怎能抵挡得住黄毛的劝酒？那黄毛口若悬河，滔滔不绝，直说得根鸟心头发热，全无一点主张，懵头懵脑之际，又喝了好几盅。他是没有多大酒量的，不一会儿工夫，就觉得天旋地转，但也兴奋不已，居然不用黄毛再劝，自斟了两盅，又喝下肚去，然后在嘴中含糊不清地说着："我，根鸟，明天，就骑一匹大黑马，往西，一直往西，去寻，寻找一个峡谷，一个大峡谷……"

6

根鸟于朦胧之中，发现自己躺在街口的一棵大树下。他回忆不起来，自己为什么会躺在这儿，只觉得自己是在梦中。街上有一条狗正朝他走过来，并停在他身边。不一会儿，那狗竟然用软乎乎、湿乎乎、热乎乎的舌头舔他。他猛一惊，出了一身冷汗，便彻底醒来了。那狗见根鸟坐了起来，撒腿就跑，跑了几步还回过头来瞧瞧。

此时，已近傍晚，晚风正从林子里吹过来。

根鸟坐在风中，起初只是想起他与黄毛曾在酒店喝酒，在心中对自己说道：我怕是喝醉了，倒在了这里。直到他看见有人牵着一匹老马沿街朝西走去，才突然想起买马的事。当他将手立即伸进怀中去摸自己的钱袋而发现怀中空空时，一下从地上蹦了起来。他一边在身上慌乱地摸着，一边转着身体，四下里寻找着，不一会儿，额头上就冷汗淋淋。"我的钱包！我的钱包！……"他不住地叫着，眼泪马上就要下来了。

"要是被黄毛暂且收了起来呢?"他心中忽然有了一种侥幸,便摇晃着仍被酒力霸占着的身体,去寻找黄毛。他不时地问街上的行人:"见到过黄毛吗?"都说没有见到。他便往青塔走。黄毛可能已经回到青塔了。他快走进青塔时,才在心中忽然悟出:黄毛是存心灌醉我的,黄毛是为了那个钱袋!根鸟越想越觉黄毛可疑,越想越觉得自己的这一想法是确切的。他心中满是愤恨。

黄毛并没有回青塔。有人告诉他,黄毛仍在骡马市,这会儿恐怕正与女人鬼混呢。

天已黑了。根鸟又返回骡马市。他终于找到了黄毛。当时,黄毛正与一个妖冶的女人在昏暗的灯光下紧挨着身体喝酒。

根鸟倚在门框上,指着黄毛:"还我的钱袋!"

黄毛放下酒盅,但仍将一只胳膊放在那个女人的肩上。他望着那女人:"这小孩在说什么?"

"还我的钱袋!"根鸟走进了屋里。

"钱袋?钱袋?我不明白你在说什么!"

"你偷了我的钱袋!"

"偷了你的钱袋?"黄毛索性用双臂搂住了那女人的脖子,并在那女人肩上笑得直颤抖,颤抖得骨头咯吱咯吱地响,"哈哈哈……哈哈哈……我偷了你的钱袋?我偷了你的钱袋?"他突然将那女人放开了,冲着根鸟说:"你再敢说一个'偷'字,我就敢扇你的耳光!"

根鸟说:"你就是偷了我的钱袋!"

黄毛推开了那女人,朝根鸟走过来:"你这个臭外乡佬!看来,你今天是一定想尝尝老子的拳头了!"

根鸟顺手操起了一张椅子,将它高高举起:"还我钱袋!"

黄毛不怕根鸟手中的椅子,依然走过来,眼中满是凶恶的光芒。

细瘦的洋烛 /39

根鸟只有与黄毛相拼、夺回钱袋的念头，根本不去考虑自己是否是黄毛的对手。他举着椅子冲过去，用力砸向黄毛的脑袋。

那女人尖叫一声，抱着头躲到墙角里。

椅子虽然没有砸中黄毛的脑袋，却将他用来挡住椅子的胳膊重重地砸了一下。他呻吟着，甩着那只受伤的胳膊，骂骂咧咧地朝根鸟扑过来。

根鸟还想再操一件东西来打击黄毛，却被黄毛一把揪住了衣领。

黄毛将根鸟一直抵到墙上："小兔崽子，老子好心请你喝酒，还喝出毛病来了！鬼知道你将钱袋丢到什么地方去了！"他狠狠踢了根鸟一脚，"你要是不想瘸着腿离开青塔，就给我快滚！"

根鸟一脚踢在黄毛的裆下。

黄毛立即松手，并弯下腰去，用双手捂住了那个地方，歪着脑袋，龇牙咧嘴地看着根鸟。

"还我钱袋！"根鸟从刚才那张砸坏了的椅子上扳下一条腿来，紧紧地抓在手中。他的样子一定十分可怕，因为黄毛往后退缩了。

"还我钱袋！"根鸟用椅腿猛击了一下桌子。

黄毛靠着墙，一手依然捂在那地方，一手做出阻挡的动作，慢慢往门口走："好好好，咱们出去说，咱们出去说……"

根鸟就用一对瞪得鼓鼓的眼睛盯着黄毛。

黄毛上了街，面朝着根鸟，一边往后退，一边矢口否认他拿了根鸟的钱包。

根鸟抓着椅腿，一步一步地跟着。

许多人站到街边看着。

"还我钱袋！"根鸟不时地大叫一声。

黄毛朝围观的人说："他钱袋丢了，说是我拿的。我怎么会拿他的钱袋！"

黄毛终于退到街尾的黑暗里。这时，他突然转身，朝更浓重的黑暗里跑去。

根鸟循着黄毛的脚步声，紧紧地追上去。

黄毛是在朝青塔方向跑。

前面就是树林，黄毛的脚步声忽然消失了。

根鸟抓着椅腿追进了树林。他在黄毛脚步声消失的地方站住，想发现黄毛的身影，无奈林子里更暗，什么也看不清楚。他转身寻找着，四周却毫无动静。他不住地叫着："还我钱袋！"叫着叫着，声音就变成了哭腔："我要我的钱袋，我要我的钱袋……"

一条黑影从一棵大树的背后朝根鸟扑过来，一下子将根鸟扑倒在地上，并迅捷地夺走了根鸟手中的椅腿。

根鸟企图从黄毛的身体下挣扎出来，但没有成功。他被压得喘不过气来，但还在嘴里不住地叫着："我要我的钱袋，我要我的钱袋……"后来，他往黄毛脸上啐了一口唾沫。

黄毛扔掉了椅腿，用拳猛击着根鸟的头部，直打得根鸟没有声息。

黄毛放开了根鸟："你趁早给我滚出青塔！"他拍了拍手，往地上啐了一口，然后哼唱着一首下流小调往前走去。

已看见青塔的灯光时，黄毛的后脑勺遭到了一块石头的打击。他晃了几下，差点摔倒在地。他慢慢清醒过来时，看见了根鸟。"你真的是不想活了！"说罢，扑过来，又揪住了根鸟的衣领，然后猛地将根鸟抵在一棵树上。

根鸟这回没有挣扎，只是含着眼泪说着："我要我的钱袋，我要买马，我要骑马向西去，我要去找一个大峡谷，找一个叫紫烟的女孩子……"

黄毛不想再与根鸟啰嗦下去："我听不明白你在胡说些什么！我只知道让你赶快滚开！"说罢，残暴地将根鸟的脑袋连续不断地往树干上猛烈撞击，直到他自己感觉到心里已经痛快了，才松手。

根鸟顺着树干瘫了下去。

根鸟醒来时，发现自己躺在一张松软的大床上。那是一间大屋，大得似乎深不可测。桌子上，有一盏油灯。离大床不远的地方，还有一只火盆，那里头的木柴还在红红地燃烧，把温暖朝四面八方扩散着。他正疑惑着，听到了一阵脚步声。不一会儿，他就从灯光里看见了一位驼背的老僧人。他身披一件朱红的袈裟，低头合掌，道一声："阿弥陀佛!"

"我这是在哪儿？"

"你在一座寺庙里。"

"您救了我？"

老僧人没回答，转身过来，将几块木柴添进火盆："你从哪儿来？又到哪儿去？"

根鸟鼻头一酸，眼泪夺眶而出。他向老僧人诉说了一切。

老僧人拨动着火盆，让火更旺地来暖和屋子。

"您不会也笑话我傻吧？"根鸟问。

老僧人摇了摇头，然后说道："你明天一早，就可以骑着马西去了。"

"马？我已经没有钱买马了。"

"门前的桂花树下就拴着一匹白马。它对于我来说，全无一点用处。"

"我怎么能要你的马？"

"难道你不想早点见到那个大峡谷吗？"

根鸟无语。

"你只管骑着它去吧。"他缓慢地迈着脚步，朝棕色的帐幔走去，"你早点休息。明天早上，恕我不能见你。一路当心。"他撩起帐幔。有片刻的时间，他停在了那里。

根鸟一直未能看到老僧人的脸。当老僧人即将要消失于帐幔背后时，他心中十分希望能够一睹老僧人的风采，但他最终也未能如愿。他能看到的，只是老僧人那只撩帐幔的手。那只手却也使他终身难忘：他从未见到过这样的手，它显然衰老了，但却是优雅万分；那五根手指，以及手指与手掌连成一体所呈现出的姿态，透露着根鸟说不清道不明的东西。

帐幔在那只手中滑落下来，老僧人如梦一般消失在帐幔背后。

正当根鸟朝帐幔怔怔地看着时，窗外传来一声马嘶。他撩开窗帘，只见室外月光如水，一匹体态优美的白马正立在桂花树下：它的两条前腿中的一条弯曲着，便有一只马蹄漂亮地悬在空中。

根鸟久久地望着窗外的这道风景。

第二天，他遵照老僧人的嘱咐，没有去惊动老僧人，轻轻走出寺庙，解开缰绳，骑上了马背。

那马气宇轩昂，英姿勃勃，未等根鸟催它，便心领神会一般，朝青塔风一般跑去。

背上行囊，告别了奶奶一家人，根鸟骑上白马，开始中断了一个冬季的旅程。当马走出青塔镇时，他催马朝那座寺庙跑去。他心里还是渴望看那老僧人一眼。然而，令他百思不得其解的是，他却怎么也找不到那座寺庙了。他问路上的行人，他们有的说，青塔边上确实有座寺庙，而有的居然肯定地说，青塔这一带从未有过寺庙。他找到中午，也未能找到这座寺庙。而那马似乎厌倦了寻找，总是将脑袋冲着西方，欲要西去。

"我肯定是迷路了。"根鸟打消了寻找寺庙的念头，在心中道一声"老僧人，再见了"，双腿一敲马肚，那白马便飞也似的奔跑在被春天的阳光洒满的荒寂野道上……

选自长篇小说《根鸟》

注：因时间有限，本篇示范朗读为 16 页第 6 段至 19 页第 5 段，23 页第 9 段至 26 页第 1 段。

黑夜是把雕刻刀

（背景提示：一个叫熄的屠夫死后来到了地狱，他在地狱里学会了黑巫术，逃回了人间，并利用魔法攫取了那个国家的王位，并开始了对这个国家黑暗而残酷的统治。

熄黑暗统治的措施之一就是销毁这个国家的所有的书籍及其他带文字的东西。当全国的书籍被集中到王宫门前的广场上焚烧时，一部"大王书"却飞走了，飞到了一个名叫茫的放羊男孩附近，于是茫成了这部大王书的主人。茫是跟随舅舅长大的。）

这是茫的又一个夜晚。天上本来是有月亮的，但却被厚厚的乌云完全遮蔽了。

他必须面对又一轮无边的黑暗。

茫的今天，是与一个又一个的夜晚联系在一起的，没有这些夜晚，也许就没有他，就没有那些色彩斑斓的故事。对于茫来说，无数的夜晚，都让他有刻骨铭心的记忆。正是这些夜晚，清澈了他的双眼，强化了他的灵魂，甚至影响到了他的躯体。

就如同人类害怕黑夜一样，茫从来就没有喜欢过夜晚。他的第一次恐惧，与人类的第一次恐惧完全一样：来自于黑夜。但他后来终于承认了，黑暗是不可避免的。当他接受了这一事实之后，再面对黑暗时，便冷静了许多，也勇敢了许多。

　　随着太阳一点儿一点儿地走完它一天的行程，芒能听到黑夜的脚步。它根本不是突然笼罩下来的，而是从天边一步一步地走过来的，或者说，是从河上、林间、山涧慢慢升起来的，像烟，像雾。也不是突然地黑掉一切的，而是慢慢地，由淡到浓，由浅至深，许久之后，才染黑一切，直至就剩下黑本身的。

　　他害怕黑夜，却又喜欢细心地观看它在弥漫和渗透时世界所发生的变化：河流开始变得遥远；眼前的土丘开始变大；树木膨胀开来，并且升向高空；声音变得颤抖，并且拉开了距离，仿佛总在天边某处神秘的地方……。那时，他的听觉比白天不知强了多少倍，他能听到叶上露珠渗进草丛中的声音，他甚至能听到水珠被土地吮吸的声音。因为夜晚比白天安静了许多，嘈杂声逝去了，所以，夜间的每一个声音都成了干净而明确的独奏，声声入耳。也正是这样的安静，因此，当苍鹭突然从空中爆发出一阵尖叫时，便更使人毛骨悚然，心忽地跳起来，几乎要从口中飞出。

　　阳光下的世界，总让他感到自由和平安，而夜幕下的世界却总使他有落进陷阱或深渊的感觉。那时，他尽管可以随便走动，却硬是觉得自己被包围了。夜，便是一堵堵密不透风的黑墙。他深陷其中，无能为力。阳光下的那个五颜六色的世界，现在只简化成一种颜色：黑色。当然黑色也有层次，深黑，浅黑，更浅的黑，甚至是灰。明明白白的世界，就由这些深浅不一的黑色组成一个朦胧的世界。这个世界更像梦。它处处使人生疑。月黑风高，总有难以解释的声响，总有不能说明的形象，哪怕是芦苇丛中的萤火，都使他感到诡异、另有文章。很小的时候，他对付黑夜的办法就是闭紧双眼，死死地闭着。他企图通过这样一种方式，回避那些形象。然而，效果总是很差，那些声音反而会显得更加让他恐

黑夜是把雕刻刀

惧，而那些形象也并没有因为他双目紧闭而消失——它们干脆出现在了他的脑海里，就像苍鹭飞翔在水面上。在痛苦的一次又一次的侵袭之下，他感觉到，他的胆量也在被迫一天一天地壮大。他的眼睛由全闭改为半眯，又由半眯决然地变成大睁——不怕，什么也不怕。他甚至开始战战兢兢地去寻找和捕捉黑暗中的怪异形象。

十二岁那年，他终于可以安坐在一棵巨大的雨树下，透过夜的黑雾，用颤抖的目光去正视飘荡于远处荒丘间的鬼火了。那些影影绰绰的蓝色的小火苗，像一盏一盏的灯火，在土丘上、土丘间灵魂一般地移动，十分的凄美。他甚至希望这些火苗中的一朵，或几朵，能向他飘移过来。

当他目不转睛地去看着这些火苗时，他觉得自己长大了，并且强大了，是一个真正的男孩了。

黑夜之所以让他不愿意接受，可能是因为黑夜里有太多的邪恶——黑夜里的邪恶要远远超出阳光下的邪恶。白天被抑制住的邪恶，夜幕降临后，都一一苏醒了。赶着羊群走过许多地方的他，见过太多的盗墓贼、偷马贼、路匪和飞走在屋脊上的强盗。他不止一次地听到了黑森森的林子里、荒废的古堡里传出的尖厉的叫声。那时，他的心紧缩成一团，仿佛看到闪着寒光的短刀和血腥的绳索。十岁之前，每当他面对黑夜时，总觉得眼前的灌木丛里、大树背后、废墟的短墙角上，藏着一个个眼睛贼亮贼亮的歹徒。他觉得，眼前的树影、远处的山冈，所有的一切，都是鬼鬼祟祟的。

他知道了，并且慢慢懂得了恶。

也许，黑夜给他的最大的馈赠是孤独。

无论是夜宿于水边、山坡还是林间、草地，漫漫的黑夜都会用孤独围困他、折磨他。一眼望不到边的黑暗，像一眼望不到边的大海，而他是一只小船，漂泊在海上。这海有时会风平浪静，有时会波涛汹涌，然而无论是前者还是后者，都同样使他感到孤独。他驾着一只无帆的小船，不知是从哪里出发的，也不知要去哪里。海岸线根本是不存在的——它只存在于他的心中。小船在海面上晃荡或颠簸，天空也跟着晃荡或颠簸。孤独感渗透到他小小的灵魂里。有时，他想大声喊叫。但他心里明白，这样做毫无意义，只会加强他的孤独。他用耳朵，用眼睛，用鼻子，用神经去感应着黑暗的世界。他希望看到什么，听到什么，闻到什么或者能摸到什么。然而，黑夜常常是一番凝固的状态，他也被凝固在其中，只不过心脏还在跳动而已。即使听到风从树梢走过的声音，看到一颗流星滑落进西边的群山中，闻到了一股丁香花或苦艾的气味，或者是手碰到了一只迷路的小松鼠，也无法使他摆脱孤独，不仅不能，万顷的寂静中的偶然一动一响，反而更使他觉得孤独深重。

孤独是他最大的恐惧。

但它却是一把锋利的雕刻刀，雕刻出了茫，有棱有角的、有韧性有力度的茫。鼻梁高高的、总有一只眼睛会被鼻梁的阴影遮住的茫，要等到若干年以后，才会领悟黑夜的孤独给他的生命里灌注了多么宝贵的东西。

舅舅，大王书，还有这黑夜，都在培育着茫。

今天的黑夜是一个十分透彻的黑夜。那番没有一丝杂质的黑，至尊至贵。

它是茫的屋子、帐子与被子。他起初还想看到一点儿什么，比如一颗星星，比如一棵树，但他的目光无论怎么用力，他能看到的就只有墨团团中黑团团，黑团团中墨团团。

不一会儿，他就在马的身边睡着了。

选自长篇小说《大王书》第二部《红纱灯》

黑夜是把雕刻刀

马 和 马

太阳刚刚升起时,这户人家的两匹母马几乎是在同时生下了两匹小马驹,一匹黑色,一匹白色。

一白一黑两匹小马驹,在阳光下,在风雨里,快乐地成长着,形影不离。

它们奔跑着,一起穿过春天的杏树林,碰落了一树树杏花,纷纷扬扬的杏花,像阵雨,又像是雪花在飘舞。

夏天的大地,一片暗绿。

它们站在高高的河堤上,一起眺望大河的尽头:水天相接的地方,一面展开的白帆,就像大鸟的翅膀。

秋天,枫叶红了,映红了天空。

它们奔跑在飘着枫叶的浅水滩上,它们的身后,是一团团银色的水花和随着水花飞起的枫叶。

大雪覆盖了大地,它们一起奔向一座山冈,在它们的身后留下了四行好看的蹄印——那是雪地上盛开的花。

转眼间,它们就长成了两匹骏马。

就在这一年,战争爆发了。

每户人家都要出一匹骏马作为军马,上前线去。

主人望着不远处一样高大、一样漂亮的白马、黑马，为难了：让谁去呢？

他找来了一白一黑两颗小石子，将它们放在瓦罐里。然后，在众人的目光下叮叮当当地摇动着瓦罐……

瓦罐放在了地上。

他把手伸进瓦罐，摸到了其中一颗石子，犹豫了好一阵，才攥着它离开瓦罐。他慢慢地向众人摊开了手：白石子。

白马离开村庄时，黑马一直与它肩并肩走到了大路口。

白马渐渐远去，黑马就一直站在路口望着它越来越模糊的影子。

在白马远走的日子里，黑马一边在地里劳动，一边在心里默默思念着白马：它在哪儿呢？

它几乎把全部的时间都用在了对白马的思念上。

有时，它会站在高处，朝着白马远去的方向嘶鸣。

嘶鸣声中，落叶纷纷。

而此时的白马正在战场上呼啸而过。

它是一匹骁勇善战的战马。敌人闻风丧胆。整个前线，所有将士，没有不知道这匹战马的。

铁蹄过后，尘埃滚滚。

大约过了半年，白马随着军队的调动开赴新的前线时，正巧路过村庄。

听说白马从前线回来了，方圆十里八里的人都跑来了，将它团团围住。人们都抢着要看一眼这匹战功赫赫的马。

英姿飒爽的它，高傲地站立在那里，像一尊雕像。

它是主人的荣耀。他握着缰绳，紧挨着它，满面春风。

所有的人，不分男女老少，也都为它而感到骄傲。他们为它端来了上等的食料。无数双手在它身上抚摸着。

这时，谁也没有想起：黑马还拴在远处地头的一棵大树上呢。

它刚刚结束犁地，正十分疲惫地啃着路边的野草。

白马直到离开村庄时，这才突然想起与它朝夕相伴的黑马。它四下张望，但，很快就有士兵骑到它背上，鞭策它很快离开了村庄。

从前线不断传来白马英勇作战的消息。它的美名几乎传遍天下。人们谈论着它，一个个都眉飞色舞。

黑马默默无闻地在地里劳作着，不分白天黑夜，不分风天雨天。听到白马的消息，它在心中为白马高兴。

村里人决定为白马在大路口塑一尊高高的雕像。

可是，就在人们马上就要开始为白马塑像时，白马却在前线受了重伤，并且被人用船退回了村子。

它已不能再站立起来。

全村人都感到伤心，也深感遗憾。他们围着它默默地看着——再也不见从前的雄风，不由得深深地发出一声叹息。

主人开始时还细心照料它，但不久就厌烦了：这是一匹废马，伺候它到哪一天呢？

黑马一有空就用软乎乎的舌头舔着白马，并不时地嘶鸣，好像在对白马说些什么。

春天到了。

黑马从早到晚都要干活，因此，主人给它的都是上等的食料。

而在白马面前放着的，却是一堆枯黄的草。

黑马用嘴巴将自己面前的食料槽拱到白马面前。

可是，等黑马傍晚从地里回来时，发现白马面前的食料槽里的食料，一点儿未动。

当主人将黑马的食料槽重新放回到黑马面前时,黑马开始了绝食。

一天过去了,又一天过去了。

主人很生气:不吃拉倒!他照样要黑马下地干活。

当黑马拉着一大车肥料爬坡时,四腿一软,跌倒了。

从此,主人只好在白马面前的食槽里放上与黑马食槽里同样的食料。

有时,会有几个孩子过来欺负瘫倒在地上的白马。他们或是用树枝去捅它,或是用石块砸它。

黑马看到了,就会前蹄高悬,大声嘶鸣,吓得那些孩子屁滚尿流地跑掉了。

黑马在白马面前焦急地来回跑动着,不时地叫一声,像是说:"站起来!站起来!跟着我!跟着我!"

可是,白马却毫无反应地躺在地上。

黑马用嘴不住地用力拱它。

白马依然无动于衷,一副灰心丧气的样子。

生气的黑马,突然用嘴巴在白马的后脖子上狠狠咬了一口!

白马突然一阵钻心的疼痛,猛地一跳,竟然站了起来!

黑马带着它,慢慢地走动着、走动着……

半年后,白马居然能够跑动了。

好像又回到了往日时光。

绵绵细雨中,它们在河坡上一起吃草。

村里人看去时,觉得两匹马朦朦胧胧地成了一色。

2008年3月20日于深圳

背　景

　　有那么一个人突然走向了我们，倒也平平常常，并未见有山有水。但有人对这个人的底细却有所了解，说道："这个人是有背景的。"于是，人们再去看这个人时，就用了另样的眼光——仿佛他不再是他了，他加上背景，所得之和，要远远地大于他。

　　在这里，我们看到了背景的力量。本来，衡量一个人的价值，只应纯粹地计算这个人到底如何，是不应把背景也计算在内的。然而，倘若这个人果真是有所谓背景的话，那么在计算时，却会一定要加上背景的——背景越深邃、宏大，和也就越大。人值几个钱，就是几个钱，应是一个常数。但我们在这里恰恰看到的是一个变数——一个量大无穷的变数。

　　当我去冷静地分析自己时，我发现，我原也是一个"有背景"的人。

　　我的背景是北大。

　　这是一个大背景，一个几乎大得无边的背景。现在，我站在了这个似乎无声但却绝对生动有力的大背景下。本来，我是渺小的，渺小如一粒恒河之沙，但却因有这个背景的衬托，从而使我变得似乎也有了点光彩。背景居然成了我的一笔无形资产，使我感到了富有。其情形犹如融入浩浩大海的涓涓细流，它成了大海的一部分，仿佛也觉得有了海的雄浑与力量。

我常去揣摩我与北大的关系：如果没有这个背景，我将如何？此时，我清清楚楚地看到了这个背景参与了我的身份的确定。我为我能有这点自知之明而感到一种良心上的安宁。我同时也想到了我的同仁们。他们在他们的领域里，确实干得非常出色，其中一些人，简直可以说已春风浩荡、锐不可当。也许我不该像发问我自己一样去发问他们：如果没有北大这个背景，他们又将如何？他们也会像我一样去发问自己的——北大门里或是从北大门里走出的人，都还是善于省察自己的。我相信这一点。

北大于我们来说，它的恩泽既表现为它曾经给了我们知识，给了我们人品，给了我们前行的方向，又表现为它始终作为一道背景，永远地矗立在我们身后的苍茫之中。因为有了它，我们不再感到自己没有"来头"，不再感到那种身后没有屏障的虚弱与惶恐。

就在我于心中玩味"背景"这一单词时，总有一些具体的事情与场面繁忙地穿插于其间——

那年四月，我应邀去东京大学讲学。在日本的十八个月中，我时时刻刻都能感受到这个背景的存在。那天晚上，在东大教养学部举行的欢迎外国教师的酒会上，我代表外国教师讲话时，在一片掌声中，我感受到了。在我为我的小孩办理临时入学手续时，我感受到了。在我于北海道的边陲小城受到一位偶然相识的日本朋友的热情接待时，我又感受到了。……十八个月结束后，东大教养学部的师生们破天荒地为我举行了一场盛大的欢送晚会。在那个晚会上，"北大"这个字眼出现了数次。我心里明白，这个晚会的隆重与热烈，固然与我十八个月的认真工作有关，但最根本的原因还是在于我背后有这个背景。

无论是在学术会议上，或是应邀到外校讲学、演讲，几乎是走到任

背景

何一个地方、一个场合，我都能感受到这个背景。它给了我自信与勇气。它默默地为我增加着言语的重量，并且神奇般地使我容光焕发。

它甚至免去了我的尴尬与困境。

大约是在五年前，那天上午，我将一本书写完了，心情甚好，就骑了一辆车，一路南行，到了紫竹院一带。已是中午，我感到饿了，就进了一家饭馆。那天胃口真是好极了，独自坐下后，竟要了好几个菜，还要了酒，摆出了一副要大吃大喝的样子。阳春三月，天气已经非常暖和，加之我吃喝得痛快淋漓，额头上竟沁出不少汗来，身与心皆感到莫大的舒坦。吃罢，我不急着走，竟坐在那儿，望着窗外路边已笼了绿烟的柳树，做一顿好饭菜之后的遐思。"今天真是不错！"我在心里说了一声，终于起身去买单。当我把手伸进口袋去掏钱包时，我顿时跌入了尴尬：出门时忘了带钱包了。我的双手急忙地在身上搜寻着，企图找出钱来，不想今天也太难为我了，浑身上下，里里外外，大小口袋不下十个，却竟然摸不出一分钱来。身上立即出来大汗。我走到收款台，正巧老板也在那里，我吞吞吐吐、语无伦次地说了我没有带钱的情况。老板与小姐听罢，用疑惑的目光望着我。那时，我在下意识中立即想到了一点：今天也只有北大能救我了。未等他们问我是哪儿的，我便脱口而出："我是北大的。"老板与小姐既是从我的眼睛里看出了我的诚实，更是他们听到了"北大"这个字眼，随即换了另样的神情。老板说："先生，没有关系的，你只管走就是了。"我想押下一件什么东西，立即遭到了老板的阻止："先生，别这样。"他在将我送出门外时，说了一句我们这个时代已经很难再听到的似乎属于上一个世纪的话："先生，你是有身份的人。"

一路上，我就在想：谁给了我"身份"？北大。

这个背景也可以说成是人墙。它由蔡元培、马寅初、陈独秀、胡适之、鲁迅、徐志摩、顾颉刚、熊十力、汤用彤、冯友兰、朱光潜、冯至、曹靖华等无数学博功深的人组成。这是一道永远值得仰望与审美的大墙。

我想，这个背景之所以浑沉有力，一是因为它历史悠久，二是因为它气度恢宏。它是由漫长的历史积淀而成的。历史一点一点地巩固着它，发展着它，时间神秘地给它增添着风采。而蔡元培先生当年对它所作的"大学者，囊括大典，网罗众家之学府也"的定义，使它后来一直保持着"取精用宏，不名一家"的非凡学术气度，保证了这个背景的活力、强度与无限延伸的可能性。

话说到此时，我要说到另一种心态了：对背景的回避。

这个背景一方面给了我们种种好处，但同时也给我们造成了巨大的心理压力。我们在这样一个背景之下生存着，无时无刻不感到有一根无形的鞭子悬在头上。它的高大，在无形之中为我们设下了几乎使我们难以接受的攀登高度。我们不敢有丝毫的懈怠。很久以前，我就有一种感觉：当我一脚踏进这个校园时，我就仿佛被扔到了无底的漩流之中，我必须聚精会神，奋力拼搏，不然就会葬身涡底，要不就会被浪头打到浅滩。

我们都在心中默念着：回报、回报……。一代一代曾得到过北大恩泽的北大人，都曾默念着它而展开了他们的人生与学术生涯。

这个背景的力量之大，居然能够使你不敢仅仅是利用它、享受它，还能提醒与鞭策你不能辜负于它。这就形成了一个难度：一代又一代人设下一道又一道台阶，使后来人的攀登愈来愈感到吃力。有些时候，我们就有可能生出隐瞒"北大"身份的念头——"北大"这个字眼并不是我们任何时候都愿意提及的。背景既给予了我们，又在要求着我们。背景给了我们方便，给了我们荣誉，但又被别人拿了去，成了衡量我们的未免有点苛刻的尺度。

当然，我们也可以换一个角度去说：没有我们就没有他们，是我们创造了前驱。先人们的荣耀与辉煌，是后人们创造的。若没有后人们的发现、阐释、有力的弘扬与巨大的扩展，先人们的光彩也许就会黯淡，他们就有可能永远默默无闻地沉睡在历史的荒芜之中。任何得其盛誉的先人，都应由衷地感谢勤奋不倦的后人。没有现在的我们，这背景也就不复存在；背景衬托了我们，但背景却又正是通过我们才得以反映的。

然而，这个角度终究不能使我们获得彻底的安心与解脱。我们还得在宛然可见的先人们的目光下向前、向前、无休止地向前。

背景是一座山，大山。

我们任何个人都无权骄傲，有权骄傲的永远只能是北大。

奋斗不息的我们，最终也有可能在黄昏时变享受背景为融入背景而终止自己。这大概是我们都期盼着的幸福而悲壮的景观。

1998年3月3日于北京大学燕北园

前　方

一辆破旧的汽车临时停在路旁。它不知来自何方？它积了一身厚厚的尘埃。一车的人，神情憔悴而漠然地望着前方。

他们去哪儿？归家还是远行？然而不管是归家还是远行，都基于同一事实：他们正在路上。归家，说明他们在此之前，曾有离家之举。而远行，则是正在进行的离家。

人有克制不住的离家的欲望。

当人类远未有家的意识与家的形式之前，祖先们是在几乎无休止的迁徙中过活的。今天，我们在电视上，总是看见美洲荒原或非洲荒原上的动物大迁徙的巨大场面：它们不停地奔跑着，翻过一道道山，穿过一片片戈壁滩，游过一条条河流，其间，不时遭到猛兽的袭击与追捕，或摔死于山崖，或淹死于巨流。然而，任何阻拦与艰险，也不能阻挡这声势浩大、撼动人心的迁徙。前方在召唤着它们，它们只有奋蹄挺进。其实，人类的祖先也在这迁徙中度过了漫长的光阴。

后来，人类有了家。然而，先前的习性与欲望依然没有寂灭。人还得离家，甚至是远行。

外面有一个广大无边的世界。这个世界充满艰辛，充满危险，然而也显得丰富多彩，富有刺激性。外面的世界能够开阔视野，能够壮大和

前方

发达自己。它总在诱惑着人走出家门。人会在闯荡世界之中获得生命的快感或满足按捺不住的虚荣心。因此，人的内心总在呐喊：走啊走！

离家也许是出自无奈。家容不得他了，或是他容不得家了。他的心或身抑或是心和身一起皆受着家的压迫。他必须走，远走高飞，因此，人类自有历史，便留下了无数逃离家园，结伴上路，一路风尘，一路劳顿，一路憔悴的故事。

人的眼中、心里，总有一个前方。前方的情景并不明确，朦胧如雾中之月，闪烁如水中之屑。这种不确定性，反而助长了人们对前方的幻想。前方使他们兴奋，使他们冲动，使他们陷入如痴如醉的状态。他们仿佛从苍茫的前方，听到了呼唤他们前往的钟声和激动人心的鼓乐。他们不知疲倦地走着。

因此，这世界上就有了路。为了快速地走向前方和能走向更远的地方，就有了船，有了马车，有了我们眼前这辆破旧而简陋的汽车。

路联结着家与前方。人们借着路，向前流浪。自古以来，人类就喜欢流浪。当然也可以说，人类不得不流浪。流浪不仅是出于天性，也出于命运。是命运把人抛到了路上，是所有的人——形而上一点说。因为，即便是许多人终身未出家门，或未远出家门，但在他们内心深处，他们依然感到了无家可归的感觉，他们也在漫漫无头的路上。四野茫茫，八面空空，眼前与心中，只剩下一条通往前方的路。

人们早已发现，人生实质上是一场苦旅。坐在这辆车里的人们，他们将在这样一辆拥挤不堪的车里，开始他们的旅途。我们可以想象着：车吼叫着，在坑洼不平的路面上颠簸，把一车人摇得东歪西倒，使人一路受着皮肉之苦。那位男子手托下巴，望着车窗外，他的眼睛里流露着一个将要开始艰难旅程的人所有的惶惑与茫然。钱钟书先生的《围城》中也出现过这种拥挤的汽车。丰子恺先生有篇散文，也是专写这种老掉牙的汽车的。他的那辆汽车在荒郊野外的半路上抛锚了，并且总是不能修好。他把旅途的不安、无奈与焦躁不宁、索然无味细细地写了出来：真是一番苦旅。当然，在这天底下，在同一时间里，有许多人也许是坐在豪华的游艇上、舒适的飞机或火车上进行他们的旅行的。然而，他们的心情就一定要比在这种沙丁鱼罐头一样的车中的人们要好些吗？如果我们把这种具象化的旅行，抽象为人生的旅途，那么我们不分彼此，都是苦旅者。

人的悲剧性实质，还不完全在于总想到达目的地却总不能到达目的地，而在于走向前方、到处流浪时，又时时刻刻地惦念着正在远去和久已不见的家、家园和家乡。就如同一首歌唱道的那样：回家的心思，总在心头。中国古代诗歌，有许多篇幅是交给思乡之情的："日暮乡关何处是？烟波江上使人愁。"（崔颢）"近乡情更怯，不敢问来人。"（宋之问）"还愿望旧乡，长路漫浩浩。"（古诗十九首）"家在梦中何日到，春来江上几人还？"（卢纶）"不知何处吹芦管，一夜征人尽望乡。"（李益）"未老莫还乡，还乡须断肠。"（韦庄）……。悲剧的不可避免在于：人无法还家。更在于：即便是还了家，依然还在无家的感觉之中。那位崔颢，本可以凑足盘缠回家一趟，用不着那样伤感。然而，他深深地知道，他在心中想念的那个家，只是由家的温馨与安宁养育起来的一种抽象的感觉罢了。那个可遮风避雨的实在的家，并不能从心灵深处抹去他无家可归的感觉。他只能望着江上烟波，在心中体味一派苍凉。

这坐在车上的人们，前方到底是家还是无边的旷野呢？

阿 雏

1

  阿雏坚决地记住：他的双亲亡于他六岁那年一个秋天的夜晚。

  那天，有路人捎来消息：五里外的邹庄要放电影。路远，父母怕阿雏睡沉了骨头软，难抱，便掏给他五分钱买糖软硬兼施，终于将他哄住，跟老祖母待在了家中。

  看电影的人很多，田埂上行人缕缕行行，互相呼唤着，黑空下到处是远远近近的人声和小马灯闪烁的黄火。

  要过渡。

  河边站满了急匆匆的人，船一靠岸，逃难一般都抢着上，船舷离水面只剩两三寸了，还又爬上两个大汉来。船离了岸，船上人一个挨一个，挺直了身子，棍子似的立着，战战兢兢，全不敢看水。船歪歪地行至大河中心，远处一艘轮船驶过，把波浪一层层地扩大过来，人一摇，船一晃，翻了。

  各人顾各人，赶紧逃命，河上一片呼爹叫娘。会水的，自然不在乎。半会水的，呛几口水，也翻着白眼上了岸，直着脖子吐水。阿雏的父母皆是"旱鸭子",听见喊了几声,沉了。

上了岸的人忽然想起似乎该下河救人,无奈天阴黑得让人胆怯,几个下河的光在水面上乱喊乱抓,动作不小,却是虚张声势,没有一个敢往河水深处扎的。待有胆大的赶到,时间又太迟了。

出事后几日,大狗的老子在河边村头说,当时,船翻了,阿雏的父亲一把死死抱住他的胳膊,两人就一起沉到了河底。他就又掐又拧,可阿雏的父亲任掐任拧死不撒手。他想自己的小命这回要玩完了。吃了一嘴河底烂泥,他兀地生出一个大的智慧:拔出口袋里的手电筒,往阿雏父亲手里一塞!灵!阿雏父亲呛蒙了,以为一定抓住了什么救命的东西,松了他,却抓住那手电筒。他乘机一松手电筒,摆脱了阿雏父亲,钻出水面,一人爬上了岸。

说这话时,大狗老子的脸很活,很有光泽,显得自己的智慧比别人优越许多。

而那些听的人都惊呼:"险啊!"很有些佩服大狗老子的聪明和狡猾。

"放在我,早就跟着去阴曹地府充军了。"

"那你就不能抱着你胖老婆睡觉了。"

"哧哧"的,有两个女人笑。

说到最后,大狗的老子不免有点惋惜,道:"那支手电筒,我是刚买的。"

夹杂在人群中的阿雏,一直无声无息地听着,后来就蹲在了地上。人群散了,也还蹲在地上。蹲不住了,就瘫坐在地上,用目光呆呆地看着河水,看着河上漂过一段朽木、一只死鸡、一朵硕大的菊花……,天黑了,还看。

过了三年,老祖母不在了,阿雏就一人过,有时到外祖母家混几顿,有时就在村子里东一家西一家地吃。他固执地认为村里人都欠他的。他的吃相很凶,像条饿极的荒原狼崽,不嚼光吞,饭菜里一半外一半,撒一桌、一地,鼻尖上常沾着米粒在外面闲荡。

2

阿雏养得极壮实,比同龄孩子足高一头。天生一头又黑又硬的卷发,像一堆强力螺旋弹簧乱放着。眼睛短而窄,目光里总是藏着股小兽物的恶气。

村里的孩子都怕他,尤其是小他两岁的大狗。

他上学时,很气派,前呼后拥地跟着一大帮孩子。他让他们用一张凳子抬他走,这几乎成为一种嗜好。一到雨天,他越发爱这样做。他要看那些小轿夫们在泥泞中滑得东倒西歪,滑得"嘟嘟"放屁。要是把他摔了,他就一定用脚踢他们的肚子或屁股。他很少亲自做作业,他指定谁代做,谁就得做。从一年级到四年级,他几乎就没在家里吃过一顿早饭。他把谁的鼻子一点,说声"你!"谁就得带煮熟的鸡蛋。那回轮到大狗带鸡蛋,恰好家里刚将鸡蛋卖掉,他便只好去偷,被人家抓住,连拍了三个后脑勺。

这里没有敢不听他话的孩子。不听?他会刁钻古怪地惩罚你:把你诓到麦地里,扒了你的裤子,让你露出"小茶壶",光腚儿蹲着,羞得没法出去;逼你沿着梯子爬上屋顶,然后一脚蹬翻梯子,让你去受太阳的烤晒。最狠的一招是让全体孩子都来冷落你,把你干在一边,让你尝一份孤单,并不时受到各种各样的捉弄和各种各样的疼痛。你一天坚持不到晚,准要去偷家里的东西低三下四地去讨好他。

谁也不敢告诉家里的大人,告诉了,除了他本人落个不自在,还有可能会殃及他一家。

大狗是阿雏的尾巴。

3

阿雏读五年级了，管他的是"杨老头子"——阿雏从不叫"杨老师"。杨老头子年纪大了，眼睛高度近视，在黑板上写字时，脸挨黑板很近，鼻尖差点擦着黑板了，像在嗅什么味道。阿雏叫他"杨老头子"，甚至能叫得让"杨老头子"听见。"杨老头子"气了，要揪他的耳朵。可一般很难成功：阿雏只需溜出去十码开外，也就不在他视野之中了。

杨老头子梗着脖子，眼珠子鼓鼓地向校长韩子巷大声嚷："不开除他，我不教了！"

于是，韩子巷就把阿雏叫了来，罚他半天站。

算起来，已罚站四次了。第四次罚站时，阿雏看见大狗在办公室门口晃过，眼睛里似乎有点嘲笑的意思。不是韩子巷拿眼盯住，他当时就想让大狗"吃生活"。

阿雏恨起"杨老头子"来。

杨老头子每天起得绝早，第一件大事就是抓张早过期的破报蹲茅房。这地方称解小便为"解小手"，称解大便为"解大手"，又称之为"出恭"。出恭一般都是坐着出，那凳子叫"恭凳"。杨老头子坐恭凳极有功夫，一坐能坐个把小时。茅房前后都是青翠的竹林，早晨，有鸟立竹梢上叫，其声如水滴落入静潭那般清脆。杨老头子一边愉悦地听，一边翻来覆去"嗅"那最终要做手纸的一角废报，觉得浑身疏通。天天如此，"恭"是出得十分的认真。

这天，他照常起早，照常做他的功夫，开头平安无事，中途大概是因为人老便秘，用足气力一蹬脚下的板子，"咔吧"一声，未及明白过来，恭凳的凳脚已断，人"扑通"跌落于粪坑。

这事倒也让几个年轻教师乐了好几日。

放鸭的老周五路遇杨老头子，也是多嘴，向杨老头子要了根烟抽，就向他耳语："那天，我在河里放鸭，见阿雏拿把锯子猫在您茅房里。"

杨老头子掉头回走，察看了凳腿，果然为锯子所锯，顿时气得乱蹦乱跳，朝韩子巷大吼："你去教！"

阿雏由人看着关押了一天。

杨老头子罢教一周，众教师像哄孩子似的，好不容易才把他哄上讲台。从此，杨老头子则以一种老人才有的冷目极讨厌地盯阿雏。

4

从此，老周五的鸭一惊一乍，时不时嘎嘎乱叫，扑着双翅在水上仓皇四窜，划无数条白练，像是被什么惊着了。

正是鸭踊跃下蛋的日子，这使老周五大伤脑筋。此时的鸭，只能在河坎的芦苇丛里安静地歇着，惊不得。惊了，肛门一松，蛋就都滑脱到水中。以往每天早上老周五要从鸭栏里拾溜尖一大柳篮子鸭蛋，乐得从嘴角流哈喇子。这几日早上，只能捡几枚，连篮底都不能被遮住。

他断定是黄鼠狼盯住了他的鸭。

当阿雏听到他狠狠地向人诉说黄鼠狼的罪恶时，乜他一眼，嘴角一撇，心里阴笑。此事当然是他所为：他抱了一只猫，悄悄潜在芦苇里，瞅准机会，突然地将猫往鸭群里一抛！

阿雏不想就此罢休，阿雏从没饶过人。

立秋了。此地有个风俗：立秋这天家家要吃瓜。至于为什么要吃瓜，谁也说不出道理，只知道立秋要吃瓜，吃就行。

早上，阿雏在河边钓鱼，见老周五搂着一个大西瓜回家去了。等人都下地干活了，阿雏便闪进老周五家。他用小刀在西瓜上挖了个小洞，寻来一把勺，掏那沙沙的红瓤一顿痛吃，直吃得肚皮西瓜一般溜圆。

阿雏认定：周五爷特别可恶！

他蓄了一泡尿，想撒去，转眼一瞥空了腹的西瓜，那对短而窄的眼睛恶恶地盯住了它……

晚上，老周五拿出慷慨派头，大声叫，把儿孙们都唤了来，说是请他们吃瓜。一刀劈去，瓜顿成两半，黄汤四溅，流一桌子。

老周五气疯了，冲进厨房，抓着切板和菜刀，冲到巷子里，用刀在切板上一下一下地狠剁！这是这地方上最恶毒的一种诅咒人的方法，轻易是不用的。据讲，作恶者的灵魂会被剁死。老周五并不像一般人边剁边骂，而是默默地，一步一步往前走。他脸色发灰，冰冷，高高的眉棱下，一对微黄的眼珠卵石一般凝着。每刀剁下去，总要在切板上留一道深深的印痕。有时刀尖入木太深了，竟然要摇动几下方可拔出。

阿雏一动不动地坐在门槛上，只将目光从眼梢上射出去，盯着老周五往前挪动的曲腿，用白得发亮的牙齿咬啃着指甲，直把指甲咬成锯齿一般。

几天以后，阿雏在一座木桥头与老周五相遇。当时，老周五正把一担粪撂在桥头喘息，打算待积蓄了力量后再挑过桥去。

"五爷，我帮你一桶一桶抬过去吧。"

这使老周五十分震惊：阿雏也肯帮人忙？阿雏！阿雏帮过谁的忙呀?!

"来吧，五爷。"阿雏抓住他的扁担了。

"我可独一份呀！"老周五有点受宠若惊了，感动得想哭，"哎！"

一桶粪抬过桥去，老周五屁颠颠地欲要转身返回把另一桶抬过来，阿雏却立住不动了，狡猾地一笑："是你告诉杨老头子的？"

老周五脑子一时转不过来，不知如何作答，眼眶里净有眼白。

"鸭还下那么多蛋吗？"

"你……！"

"西瓜好吃吗？"

扁担抡起来了。

阿雏并不躲让，侧身将两只胳膊交叉于胸前，双眼一闭。

老周五两脚后跟皆离地面，身体往前倾斜，脖子撑得很长，所有青筋都涨得又粗又黑，如一束管子，血往脑子里涌，那筋便突突地跳，眼角咧眦着，扁担在空中颤颤的："我劈死你！"

阿雏无一丝惧色。

只有老周五的喘息声，风箱一般响。

"劈呀？怎么不劈呢？"阿雏微闭双目，用脚一下一下打着节拍。

扁担落下了，却落在地上，打出一个小坑。

阿雏走了，走了十步远，突然把小屁股冲着老周五高高地撅起，继而用手在上面有节奏地拍——这是这地方上表示蔑视和"我怕你个老鬼"的一个专门性动作。

老周五本可以将一担粪挑过河的，现在粪桶一头一只，来去不能。他抓着扁担在桥上来回乱走了几趟，然后在桥中间呆呆地站住了。不知过了多久，他蹲下，望着河水："不念他没娘没老子，我不劈死他！他知道这一点，这个坏种知道！"转而愤怒地，"以为我不敢劈死他吗？不敢？"老周五的眼睛罩了一层泪幕，模糊起来。他这一辈子还未曾被人如此耍弄过。

5

阿雏守在路口：这是大狗放学回家的必经之路。

大狗从阿雏邪恶的眼睛里看出，阿雏心里起了什么念头。他像只小鸡子，探头探脑张望着往前蹭，见阿雏盘坐在路口，两条小腿发软了。他用求救的目光四下里寻找大人，可已近黄昏，人皆归家，路空空，田野空空。他想往后撤，却见阿雏已站起，一步一步地逼了过来。

大狗站住了，小脸黄唧唧的，眼睛里含着乞怜，望着阿雏。

"跟着我！"阿雏说。

穿过一块块田地，气氛越变越荒凉。一群白嘴鸦从暮空里滑过，发出翅膀摩擦气流的干燥寂寞的声音。暮色渐浓，天色暗淡下来。绿色的田野已在身后，出现于他们面前的是一片荒丘。荒丘上孤独地立着一株长得七丫八杈、扭扭曲曲的老树，天光阴晦，那老树变成黑色影子，竟像一只巨爪。东一座，西一座，荒丘上散落着老坟。

大狗寒冷起来，抬头望望天空，想寻一颗星星，然而天只光光的一片蓝。

"那天，我站在办公室里，你高兴了！"

"我……我没……没有……"

"没有？我瞧见你笑了。转过身去！"

大狗面对着朦胧莫测、似乎危机四伏的荒丘。

阿雏在田埂上坐下："你看见什么了吗？"

"没有。"

"没看见鬼火？我可看见了。蓝色的，有个绿莹莹的外圈，一跳一跳的，你没看见？"

大狗把眼睛闭得绝对严实。

"这里有鬼,村里的大人都这么说。老周五找鸭还碰到过,几个老鬼,都没面孔,光溜溜的一张板子脸。几个小鬼在坟上跳着玩……你听见了吗?"

"听……听见了……"大狗的声音跑调了,"阿雏哥,我们回……回家吧。"

"怕什么,我坐着陪你呢。"

大狗壮着胆偷看一下黑荒丘,又赶紧闭上眼睛。

夜风在荒丘上吹着,枯索的茅草瑟瑟抖动。一只野鸡在黑暗深处忽地鸣叫起来。这单调的声音,给四周又添了几分荒寂。

阿雏大概是累了,不说话了。时间一寸一寸地在荒野上走过。

"阿雏哥……"大狗觉得四下里空空的。

没人应。

"阿雏哥……"大狗觉得黑暗沉重地裹着他。

没人应。

大狗扭头一看,阿雏早没影了,顿时像一只受惊的兔子撒腿往回跑,一边跑,一边大声呼喊:"阿雏!阿雏!"呼喊了两声,觉着没有用处,又叫爹叫娘。恐怖的哭腔在夜空下传播开去……

6

大狗病了,连发两天高烧,才渐渐好转。

照理,大狗老子完全可以抓住阿雏把他揍出一裤兜子屎来。可他自己就是不明白,一见到阿雏那对喜爱盯人眼睛的眼睛,心里就空空地发虚。

大狗上学后,不再充当阿雏的尾巴,离他远远的,并且脸上少了以往那种见了他畏畏缩缩的神气，甚至敢拿眼睛瞪他，这使阿雏大为恼火。

"明天，该你给我带两只鸡蛋了！"阿雏说。

第二天大狗上学时，见了阿雏伸到他面前的手，却往开一拨，昂首挺胸大踏步地走了过去。

这回轮到阿雏吃惊了，那只伸出去就没空着回过的手，好像不是他自己的似的停在那里好一阵。眼见大狗就要踏进教室去，他连跑几步，揪住大狗的衣领，甩了几个浑圆，把他掼倒在地。

大狗爬起来，依然笔直地朝前走。

阿雏再度把他摔倒。

大狗爬起来，鼻孔流着血，一提裤子，还是朝前走，无比坚勇。

全体孩子都站立一旁看，一片寂静。

阿雏站到大狗面前，拦住去路。

大狗眼睛里噙着泪，眼珠灼灼地瞪着阿雏。他把书包掷出三米，没等众孩子反应过来，他已把脑袋往胸前一勾，牛一样对着阿雏冲过去。

阿雏一闪，大狗跌趴在地。半天，他慢慢抬起头来，嘴角流着血，歪着脸，狠巴巴地看住阿雏的眼睛。

阿雏站定了不动。

大狗从地上挣扎起来，再次反扑。这孩子不管不顾了，揪住阿雏的衣服，乱抓乱咬乱踢。

最弱小的大狗竟反叛了！

那些围观的孩子们激动得脸红红的，心抖抖的，肩挤肩，手拉手，把圈子越缩越小。

阿雏恶狠狠一拳，将大狗打翻在两米外的地上。

许多老师来了。

大狗将脑袋高昂，满面尘埃的脸上两道泪流滚滚直下。

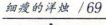

许多孩子跟着莫名其妙地哭起来。

这所小学校的全体老师一起走向校长办公室,向韩子巷正式宣布罢教——除非立即开除阿雏!

韩子巷走到廊下,望着阿雏,凄惨一笑。良久,他说:"把阿雏的作业簿找出来。"

一个老师去了。

"把阿雏自己带的凳子搬出教室。"

一个孩子去了。

他没有再看阿雏……

7

阿雏像一个幽灵,村里村外,成天游荡着。

跟随他的是无边无际的寂寞。

他百无聊赖地倚在柳树下,斜眼瞧一群蚂蚁来来去去,热热闹闹,顿生一股灭杀的欲望。他用瓦片刮起一层浮土,筑成土圩,将那群细腰小生灵全体围在其中,然后站起,一拉裤带,让裤子一直掉到脚面。他把裤带晾在脖子上,随即,一泡又粗又急的尿一滴不落地全都注入圩中。他也不急着去将裤子提起,欣赏玩味着那些小生灵在水中翻滚挣扎的各种形象。他觉得它们很滑稽,太可笑。

他在柳树下似睡非睡地躺了半天,抓根树枝一边把空气抽得咝咝响,一边漫无目标地溜达。

不知是谁家准备砌房子,脱了满满一打谷场土坯,正一块块竖在那里晒。阿雏用脚一踢,一块土坯倒下去,压倒了另一块土坯,不一会儿,大约五十块一行的土坯就都"扑嘟扑嘟"倒了下去。这很有意思,阿雏很开心，又一脚，再一脚，一场的土坯皆趴在了地上。

他还是不能快活。

不觉中，他已走到宽爷家院门口，往里一瞥，他又瞧到了墙上挂着的那面大铜锣。这几天，他老用眼睛瞟这面铜锣。

这里的规矩：锣是不能单敲的，尤其不能急促地单敲。因为这是这地方上的人一起确定下来的报火警的信号。这面锣是过去各家出份子钱铸的，一年四季挂在居于村中心的宽爷家。

他从宽爷家院门口走过去……

不知过了多少日子，一天下午，在地里干活的人，忽听村里的大铜锣"咣咣咣"不停顿地响起来了，纷纷扔掉手中的工具。不知谁发一声喊"救火呀！"全体村民都呐喊起来，斜刺里穿过庄稼地，朝村里疾跑。

于是，邻近几个村子的铜锣也呼应起来。这里称"失火"为"走水"，因此到处在嚷嚷："前村走水了！"他们拿着水桶、盆子、铁桶、瓦罐，浩浩荡荡地漫过来，气势磅礴而壮观。

这里是芦荡地区，房子皆用芦苇盖就，一家"走水"，周围的村子都得来救的。每个村子里都有一种救火的大型工具，这里的人叫它为"水龙"。一个铜铸的喷水器安放在一个巨大的木桶里，由四个大汉抬着，到了"走水"地点放下，立即会自动地有一条从河边往上递水的队伍排成，水倒进大桶，八个大汉分站两边一递一下揿着水龙上的一根杠杆，杠杆带动活塞，水就从铜管里喷出，能喷出足五十米远。

现在，有四架水龙正往这里抬来，无数的人前呼后拥着它们。抬水龙的汉子打着昂扬的号子。

四下里一片足音。

一群"鼻涕猴"又惊又快活，到处蹦跳："嗷——！失火啦！失火啦！"像是盼得很久了。

阿雏早扔下铜锣，攀到村头那棵老银杏树的枝叶里藏着。他可以俯瞰一切。见人流滚滚，人声鼎沸，鸡飞狗跳，他感到一次被开除后从未有过的满足，一心想在树顶上哼支关于小媳妇什么的歌。

"谁家走水？"互相急促地问。

谁也说不清谁家走水。不一会儿，就证实了谁家也没有走水。

按迷信，水龙来了没喷水是不能抬回去的，必须让它意思一下，证明火已被它所救，不然，什么地方一定还要"走水"的。人们一听说这里并没有"走水"，神经一松弛，全然再没有兴致递水和搬杠杆了。村里的老人们出来作揖，这才一个个老大不快活地排列到水边去。

四架水龙开始意思了，对着房屋乱喷。外村人忽然觉着今天被耍弄了，几个搬杠杆的汉子大声嚷："上水！再上！"管水管的几个，闭着眼睛，任意改变水管方向，有时径直朝人群喷去，于是人抱着头四下里逃散，不是把某家栅栏挤倒了，就是把院门挤坏了。不一会儿，就有许多人被浇成落汤鸡，一些人家的屋里也进了水，巷子里一片水汪汪的。外村人这才肯罢手，全体喉结一上一下地错动，"呼呼"直喘息。

村里如同遭了一场洗劫。

望望村外被践踏的庄稼地，再望望水淋淋的村子，一个老头用拐棍戳着地："是谁敲的锣？"

没有声音。

"是谁敲的锣？！"许多人大声地喊，样子要吃人。

从草垛上跳下大狗："我知道！"

8

上游发大水了，村里人很紧张：大坝一旦决口，大水就会将整个村

子淹没。各户人家都做了往高地上撤的准备，河边上拴了许多船。

那些孩子们不想这些，照常玩。

大狗趴在船边上，放芦叶小船玩。

阿雏早就盯住了他，趁他玩得入迷，悄悄解了缆绳，紧接着操起竹篙，将船推向河心，又将竹篙在河边一点，纵身跃向空中，然后落在了船上。

大狗惶恐地说："放我上岸！"

"上岸？跳水吧。你跳下去，我一定会像你老子当年一样！"阿雏说这话时，阴冷阴冷的，全然不像个孩子。

大狗不会水，只好听阿雏摆布。

阿雏闭口不言，将小船拼命撑出河口，进了无边无涯的芦荡。阿雏扔下篙子，盘坐在船头上，任小船随波逐流往芦荡深处漂游。

远离人群，独自一人处在阿雏面前，又是在小船上，加之四周是白茫茫的水泊和一块块黑苍苍的芦苇滩，大狗真是发憷了。

船离村子已经很远了。

阿雏躺在船上，说："是你，我被学校开除了。是你，告诉了他们，锣是我敲的，我被他们抓去关了两天半。他们用脚踢我！踢我的裤裆！"

"你想干吗？"

"送你到一个芦苇滩上去。也饿你两天半，然后我再来接你！"

"爸——爸——！"

"喊吧喊吧，他们听不见了。"

大狗的眼睛瞪得很大，充满了恐惧。

船又漂出去一段路，隐隐约约地听见远方有人喊："大坝决口了！"

阿雏站起来，只见天边一线白浪朝这里涌来，不一会儿，河水就开始摇晃小船。大狗蹲到船舱里，用手紧紧抓住船的横梁哭起来。

细瘦的洋烛

阿雏在鼻子里轻蔑地发一声"哼"。

船被涌浪又冲出几里路,被一块芦苇滩挡住。阿雏跳上岸,把缆绳拴在一把芦苇上:"大坝决口了,船顺浪回不去,今晚上陪你了,算你小子运气!"

大狗躺在芦苇滩上不停地哭。

阿雏火了:"你再猪哼哼,我把你推到水里!"

大狗就不再"猪哼哼",但还是小声啜泣。

第二天天亮,他们发现小船在夜里被风浪冲走了。

阿雏望着汪汪水泊,愣住了。

于是大狗更加用劲地"猪哼哼",并声嘶力竭地喊他的娘老子,声音很凄厉。

阿雏捂住耳朵,倒在芦苇上动也不动。

大狗的喉咙渐渐地没有了声响,可还是跪在水边上大张着嘴喊。

阿雏忽然从地上跳起,把他拖回来:"你喊,你再喊!"

大狗软软地倒在一堆芦苇上,眼睛里透出绝望来,望着阿雏。

阿雏走向芦苇丛。他头也不抬,一根一根地将芦苇使劲地撅断,撅了一垛,然后扎成捆,不停地干了一整天,黄昏时,已在荒无人烟的芦苇滩上搭成一个小窝棚。

9

一条船也没从这里经过,三天过去了。

阿雏和大狗每天靠苦涩的芦根充饥,脸瘦小了,眼睛却瘦大了,牙齿闪着白生生的光。

阿雏觉得心又慌又空,烦躁不安。

大狗反而显得无声无息。这孩子没有勇气和力量再去想心思。

"船！"阿雏叫起来。

卧着的大狗立即跳出窝棚。

远远的，有一叶白帆，在水天相接处滑行着。

他们竭尽全力呼喊，但饥饿使他们的声音过于微弱，白帆渐渐模糊，后来完全消失。

大狗浑身哆嗦起来，目光里充满哀怜。

"村里的人会来找我俩的。"阿雏望着朦胧的远方。

"会来找我俩吗？会来吗？"大狗往阿雏身边靠了靠。

"会来的，他们一定会来找我俩的！"

拂晓，阿雏把大狗摇醒了："你听，你听！"

有人在很远的地方呼唤。

他们像狗一样爬出窝棚，跪在水边上，静静地听着。

"听见了吧，他们在叫我俩！"阿雏兴奋得攥紧双拳。

"大狗……！"

声音越来越大，而且分别是从几个地方传来的。

"大狗……！"

"大狗……！"

只叫大狗，没人叫阿雏。

空气里弥漫了"大狗"的声音，竟没有一声"阿雏"！

阿雏突然跌倒了。当他挣扎着抬起头来时，脸颊上是鲜血和泥土。

大狗站起来，欲要对呼唤声回答。

阿雏猛然将大狗摔倒。他的眼睛里发出两束饥饿而凶恶的光芒。

"大狗……"

其呼唤声哀切动人，使人想象得到呼唤者眼睛里含着泪花。

阿雏粗浊地喘息起来，继而猛扑到大狗身上，对他劈头盖脸一顿猛揍。

大狗闭着眼睛，不做丝毫反抗，任他打，泪珠一滴一滴从眼角往下滚。

阿雏眼里汪满泪水，扔下大狗，走到一边去，坐在一捆芦苇上。

秋很深了，芦苇一片惨淡的黄。灰灰的天空下，凋落的银白芦花在漫游。大雁一行，横于高空，发着寂寞的叫声，吃力地扇动着黑翅往南飞。

阿雏望着天空，望着无家可归的雁们，泪无声地流在腮旁。

大狗爬过来，久久地望着阿雏："阿雏哥！"他虚弱地叫了一声，便晕倒了。

阿雏走了，走向芦滩深处。过了很久很久，他才摇摇晃晃地回来。他的衣服被芦苇撕豁，手、胳膊和脸被芦苇划破，留下一道道伤痕。他身后的路，是一个又一个血脚印——尖利的芦苇茬把他的双脚戳破了。

他双手捧着一窝野鸭蛋。

他跪在大狗的身边，把野鸭蛋磕破，让那琼浆一样的蛋清和太阳一般灿烂的蛋黄慢慢流入大狗的嘴中……

10

夜空很是清朗，那星是淡蓝色的，疏疏落落地镶嵌在天上。一弯明月，金弓一样斜挂于天幕。芦苇顶端泛着银光。河水撞击岸边，水浪的清音不住地响。

两个孩子躺在芦苇上。

"你在想你的娘老子？"阿雏问，口气很冷。

大狗望着月亮。

阿雏坐起身来，用眼睛逼着大狗："他们都希望我死，对吗？"

大狗依然望着月亮。

"没说过？"

大狗点点头。

"你撒谎！"

夜十分安静。

有一只野鸭从月光里滑过。阿雏的目光追随着，一直到它落进西边的芦苇丛中……

天亮了，阿雏挪动着软得像棉絮似的双腿，拨开芦苇往西走，轻轻地，轻轻地……他从一棵大树后面慢慢地探出脑袋：一只野鸭正背对着他在草丛里下蛋。他把眼睛紧紧闭上了，浑身不由自主地抖索起来。

他抓了一块割苇人留下的磨刀砖，花了大约半个小时，才扶着树干站起来。他的双腿一个劲地摇着，那块磨刀砖简直就要掉到地上。有那么一阵，他一点信心都没有了，甚至想大叫一声，把那只野鸭轰跑。他的眼睛瞪得很大，抓砖的手慢慢举起来。砖终于掷出去，由于力量不够，野鸭没有被砸死，负了重伤后，扑棱着翅膀往前逃了。

阿雏瘫痪在地上，望着五米外在流血的野鸭，无能为力。

野鸭歇了一阵，又往前扑棱着翅膀。

阿雏站起来跑了几步，眼见着就要抓住它，却又跌倒了。

下面的情景就是这样无休止地重复着：他往前追，野鸭就往前扑，他跌倒了，那野鸭也没了力气，耷拉着双翅趴在地上，嘎嘎地哀鸣，总是有那么一段似乎永远无法缩短的距离。

野鸭本想从窝棚这里逃进水里，一见大狗躺在那里，眼睛闪闪地亮，又改变了方向。

天地间一片哀鸣

阿雏爬到已经饿得不能动弹的大狗身边:"等我,我一定能抓住它!"他自信地笑了笑,回头望着野鸭,目光里充满杀气。

大狗望着阿雏:他渐渐消失在芦苇丛里。

野鸭终于挣扎到水里。阿雏纵身一跃,也扑进水中⋯⋯

村里的人找到了大狗。他还有一丝气息。醒来后,他用眼睛四下里寻找:"阿雏哥!阿雏哥呢?⋯⋯"这个孩子变得像个小老太婆,絮絮叨叨,颠三倒四地讲芦苇滩上的阿雏:"我冷,阿雏哥把他的裤衩和背心都脱给了我⋯⋯"他没有一滴眼泪,目光呆呆,说到最后总是自言自语那一句话,"阿雏哥走了,阿雏哥是光着身子走的⋯⋯"

世界一片沉默。

人们去寻阿雏。

"阿雏!"

"阿雏——!"

"阿雏——!"

"阿雏!⋯⋯"

男人的,女人的,老人的,小孩的呼唤声,在方圆十几里的水面上,持续了大约 15 天时间。

1988 年 1 月 10 日于北京大学 21 号楼 106 室

柿 子 树

出了井之头的寓所往南走，便可走到东京女子大学。井之头一带，没有高楼，只有两层小楼和平房，都带院子，很像农村。我总爱在这一带散步，而往东京女子大学去的这条小道，更是我所喜欢走的一条小道，因为小道两旁，没有一家商店，宁静的氛围中，只是一座座各不相同但却都很有情调的住宅。这些住宅令人百看不厌。

日本人家没有高高的院墙，只有象征性的矮墙。这样的矮墙只防君子，不防小偷。它们或用砖砌成，或用木板做成，或仅仅是长了一排女贞树。因此，院子里的情景，你可一目了然。这些院子里常种了几棵果树，或橘子，或橙子……

去东京女子大学，要经过山本家。山本家的院子里长了一棵柿子树，已是一棵老树了，枝杈飞张开来，有几枝探出院外，横在小道的上空。

柿子树开花后不久，便结了小小的青果。这些青果经受着阳光雨露，在你不知不觉之中长大了，大得你再从枝下经过时，不得不注意它们了。我将伸出院外的枝上所结的柿子很仔细地数了一下，共二十八颗。

二十八颗柿子，二十八盏小灯笼。你只要从枝下走，总要看它们一眼。它们青得十分均匀，青得发黑，加上其他果实所没有的光泽，让人有了玉的感觉。晚上从枝下走过时，不远处正巧有一盏路灯将光斜射下

柿子树

来，它们便隐隐约约地在枝叶里闪烁。愈是不清晰，你就愈想看到它们。此时，你就会觉得，它们像一只只夜宿在枝头的青鸟。

秋天来了。柿子树这种植物很奇特，它们往往是不等果实成熟，就先黄了叶子。随着几阵秋风，你再从小道上走时，便看到了宿叶脱柯、萧萧下坠的秋景。那二十八颗柿子，便一天一天地裸露了出来。终于有一天，风吹下了最后一片枯叶，此时，你看到的只是一树赤裸裸的柿子。这些柿子因没有任何遮挡，在依旧还有些力量的秋阳之下，终于开始变色——灯笼开始一盏盏地亮了，先是轻轻地亮，接着一盏一盏地红红地亮起来。

此时，那横到路上的枝头上的柿子一下子就能数清了。从夏天到现在，它们居然不少一颗，还是二十八颗。

二十八盏小灯笼，装点着这条小道。

柿子终于成熟了。它们沉甸甸地坠着，将枝头坠弯了。二十八颗柿子，你只要伸一下手，几乎颗颗都能摸着。我想：从此以后，这二十八颗柿子，会一天一天地少下去的。因为，这条小道上，白天会走过许多学生，而到了深夜，还会有一个又一个夜归的人走过。而山本家既无看家的狗，也没有其他任何的防范。我甚至怀疑山本家，只是一个空宅。因为，我从他家门前走过无数次，就从未见到过他家有人。

柿子一颗一颗地丢掉，几乎是件很自然的事情。

这些灯笼，早晚会一盏一盏地被摘掉的，最后只剩下几根铁一样的黑枝。

然而，一个星期过去了，枝上依然是二十八颗柿子。

又过去了十天，枝上还是二十八颗柿子。

那天，我在枝下仰望着这些熟得亮闪闪的柿子，觉得这个世界有点不可思议。十多年前我家也有一棵柿子树——

柿子树

这棵柿子树是我的一位高中同学给的，起初，母亲不同意种它，理由是：你看谁家种果树了？我说：为什么不种？母亲说：种了，一结果也被人偷摘了。我说：我偏种。母亲没法，只好同意我将这棵柿子树种在了院子里。

柿子树长得很快，只一年，就蹿得比我还高。

又过了一年。这一年春天，在还带有几分寒意的日子里，我们家的柿子树居然开出了几十朵花。它们娇嫩地在风中开放着，略带了几分羞涩，又带了几分胆怯。

每天早晨，我总要将这些花数一数，然后才去上学。

几阵风，几阵雨，将花吹打掉了十几朵。看到凋零在地上的柿子花，我心里期盼着幸存于枝头的那十几朵千万不要再凋零了。后来，天气一直平和得很，那十几朵花居然一朵未再凋零，在枝头上很漂亮地开放了好几天，直到它们结出了小小的青果。

从此，我就盼着柿子长大成熟。

这天，我放学回来，母亲站在门口说："你先看看柿子树上少了柿子没有。"

我直奔柿子树，只看了一眼，就发现少掉了四颗——那些柿子，我几乎是天天看的，它们长在哪根枝上，有多大，各自是什么样子，我都是清清楚楚的。

"是谁摘的？"我问母亲。

"西头的天龙摘的。"

我骂了一句，扔下书包，就朝院门外跑，母亲一把拉住我："你去哪儿？"

"揍他去！"

"他还小呢。"

柿子树

"他还小？不也小学六年级了吗？"我使劲从母亲手中挣出，直奔天龙家。半路上，我看到了天龙，当时他正在欺负两个小女孩。我一把揪住他，并将他掼到田埂下。他翻转身，躺在那里望着："你打人！"

"打人？我还要杀人哪！谁让你摘柿子的？"我跳下田埂，揪住他的衣领，将他拖起来，又猛地向后一推，他一屁股跌在地上，随即哇哇大哭起来。

"别再碰一下柿子！"我拍拍手回家了。

母亲老远迎出来："你打人了？"

"打了。"我一歪头。

母亲顺手在我后脑勺上打了一巴掌。

过不一会儿，天龙被他母亲揪着找到我家门上来了："是我们家天龙小，还是你们家文轩小？"

我冲出去："小难道就该偷人家东西吗？"

"谁偷东西了？谁偷东西了？不就摘了你们家几颗青柿子吗？"

"这不叫偷叫什么？"

母亲赶紧从屋里出来，将我拽回屋里，然后又赶紧走到门口，向天龙的母亲赔不是，并对天龙说："等柿子长大了，天龙再来摘。"

我站在门口："屁！扔到粪坑里，也轮不到他摘！"

母亲回头用手指着："再说一句，我把你嘴撕烂。"

天龙的母亲从天龙口袋里掏出那四只还很小的青柿子扔在地上，然后在天龙的屁股上连连打了几下："你嘴怎么这样馋？你嘴怎么这样馋？"然后，抓住天龙的胳膊，将他拖走了，一路上，不住地说："不就摘了几个青柿子吗？不就摘了几个青柿子吗？就像摘了人家的心似的！以后，不准你再进人家的门。你若再进人家的门，我就将你腿砸断！……"

母亲回到屋里，对我说："当初，我就让你不要种这柿子树，你偏不听。"

"种柿子树怎么啦？种柿子树也有罪吗？"

"你等着吧。不安稳的日子还在后头呢。"

后来，事情果然像母亲所说的那样，这棵柿子树，使我们家接连几次陷入了邻里的纠纷。最后，柿子树上，只留下了三颗成熟的柿子。望着这三颗残存的柿子，心里觉得很无趣。但，它们毕竟还是给了我和家人一丝安慰：总算保住了三颗柿子。

我将这三颗柿子分别做了安排：一颗送给我的语文老师（我的作文好，是因为她给了我很大的帮助），一颗送给摆渡的乔老头（我每天总要让他摆渡上学），一颗留着全家人分吃（从柿子挂果到今天，全家人都在为这棵柿子树操心）。

三颗柿子挂在光秃秃的枝头上，十分耀眼。

母亲说："早点摘下吧。"

"不，还是让它们在树上再挂几天吧，挂在树上好看。"我说。

瘦瘦的一棵柿子树上，挂了三只在阳光下变成半透明的柿子，成了我家小院一景。因为这一景，我家本很贫乏的院子，就有了一份情调，一份温馨，一份无言的乐趣。就觉得只有我们家的院子才有看头。这里人家的院子里，都没有长什么果树。之所以有那么个院子，仅仅是用来放酱油缸、堆放碎砖烂瓦或堆放用作烧柴的树根的。有人来时，那三只柿子，总要使他们在抬头一瞥时，眼里立即放出光芒来。

几只喜鹊总想来啄那三颗柿子。几个妹妹就轮流着坐在门槛上吓唬它们。

这天夜里，我被人推醒了，睁眼一看，隐约觉得是母亲。她轻声说："院里好像有动静。"

我翻身下床，只穿了一条裤衩，赤着上身，哗啦抽掉门闩，夺门而

柿子树

出，只见一个人影一跃，从院里爬上墙头，我哆嗦着发一声喊："抓小偷！"那人影便滑落到院墙那边去了。

我打开院门追出来，就见朦胧的月光下有个人影斜穿过庄稼地，消失于夜色之中。

我回到院子里，看到那棵柿子树已一果不存，干巴巴地站在苍白的月光下。

"看见是谁了吗？"母亲问。

我告诉母亲有点像谁。

她摇摇头："他人挺老实的。"

"可我看像他，很像他。"我仔细地回忆着那个人影的高度、胖瘦以及跑动的样子，竟向母亲一口咬定："就是他。"

母亲以及家里的所有人，都站在凉丝丝的夜风里，望着那棵默然无语的柿子树。

我忽然冲出院门外，大声叫骂起来。夜深人静，声音显得异常宏大而深远。

母亲将我拽回家中。

第二天，那人不知从哪儿听说我们怀疑是他偷了那三颗柿子，闹到了我家。他的样子很凶，全然没有一点"老实"的样子。母亲连连说："我们没有说你偷，我们没有说你偷……"

那人看了我一眼，往地上吐了一口唾沫："不就三颗柿子嘛！"

母亲再三说"我们没有说你偷"，他才骂骂咧咧地走去。

我朝柿子树狠狠踹了几脚。

母亲说："我当初就说，不要种这柿子树。"

晚上，月色凄清。我用斧头将这棵柿子树砍倒了。从此，又将我们家的院子变成了与别人家一样单调而平庸的院子。……

面对山本先生家的柿子树，我对这个国度的民风，一面在心中深表敬意，一面深感疑惑：世界上竟能有这样纯净的民风？

那天，中由美子女士陪同我去拜访前川康男先生。在前川先生的书房里，我说起了柿子树，并将我对日本民风的赞赏，告诉了前川先生。然而，我没有想到前川先生听罢之后，竟叹息了一声，然后说出一番话来，这番话一下子颠覆了我的印象，使我陷入了对整个世界的茫然与困惑。

前川先生说："我倒希望有人来摘这些柿子呢。"

我不免惊讶。

前川先生将双手平放在双膝上："许多年前，我家的院子里也长了一棵柿子树。柿子成熟时，有许多上学的孩子从这里路过，他们就会进来摘柿子，我一边帮他们摘，一边说，摘吧摘吧，多吃几颗。看着他们吃得满嘴是柿子汁，我们全家人都很高兴。孩子们吃完柿子上学去了，我们就会站到院门口说，放了学再来吃。可是现在，这温馨的时光已永远地逝去了。你说得对，那挂在枝头上的柿子，是不会有人偷摘一颗的，但面对这样的情景，你不觉得人太谦谦君子，太相敬如宾，太隔膜，太清冷了吗？那一树的柿子，竟没有一个人来摘，不也太无趣了吗？那柿子树不也太寂寞了吗？"

回来的路上，我一直在心中回味着前川先生的话。他使我忽然面对着价值选择的两难困境，不知如何是好了。

我又见到了山本家的柿子树。我突然地感到那一树的柿子美丽得有些苍凉。它孤独地立着，徒有一树好好的果实。从这里经过的人，是不会有一个人来光顾它的。它永不能听到人在吃了它的果实之后对它发出的赞美之辞。我甚至想到山本先生以及山本先生的家人，也是很无趣的。

我绝不能接受我家那棵柿子树的遭遇，但我对本以欣赏之心看待的

柿子树

山本家的柿子树的处境，也在心底深处长出悲哀之情。

秋深了，山本家柿子树上的柿子，终于在等待中再也坚持不住了，只要有一阵风吹来，就会从枝上脱落下三两颗，直跌在地上。那柿子实在是熟透了，跌在地上，顿作糊状，像一摊摊废弃了的颜色。

还不等它们一颗颗落尽，我便不再走这条小道。

也就是在这个季节里，我在我的长篇小说《红瓦》中感慨良多、充满纯情与诗意地又写了柿子树——又一棵柿子树。我必须站在我家的柿子树与山本家的柿子树中间写好这棵柿子树：

在柿子成熟的季节里，那位孩子的母亲，总是戴一块杏黄色的头巾，挎着白柳篮子走在村巷里。那篮子里装满了柿子，她一家一家地送着。其间有人会说："我们直接到柿子树下去吃便是了。"她说："柿子树下归柿子树下吃。但柿子树下又能吃下几颗？"她挎着柳篮，在村巷里走着，与人说笑着，杏黄色的头巾，在秋风里优美地飘动着……①

1997年5月20日于北京大学燕北园

注：因时间有限，本篇示范朗读为第79页第1段至第80页第9段。

---

① 《红瓦》正式发表时，这段文字有所改动。

大 沼 泽

芒军凭借夜色以及对森林沼泽地一带的熟悉，终于摆脱了熄的百万大军，于天亮时，撤到了一片十分荒芜的地方。

在整个撤退的过程中，芒骑着那匹白马，没有一点儿慌张，也没有一点儿悲哀，在一片混乱的脚步声中，他反而觉得事情倒是很有趣。当听到远方传来熄军的喊杀声时，他甚至有点儿兴奋，不时地掉过头去张望。

柯一直守卫在他的身边，并不时地催促："大王，你应当鞭策你的马，让它跑得快一些。"

东边的天空，朝霞正在弥漫开来。

已经筋疲力尽的军队，缓慢地行进着。

芒随着白马的走动，在马背上摇晃着。疲倦袭来，他竟在马背上打起瞌睡，差点儿倒栽在地上。朦胧中，他忽然听到一个女孩的哭泣声从远处飘来。他没有立即醒来，但哭泣声却变得越来越清晰。他忽地一惊，终于清醒了过来。

所有的人与马都停住了脚步。

芒的目光循着哭泣声看过去时，看到了一个小女孩：她只露出胸口以上的部分，向这边无力地挥舞着双手——她陷进了一片沼泽！

"散开!"柯大叫了一声。

随即,本来聚集在一起的人,便向四面八方分散开来。

茫却骑在马上,没有动,他的眼睛一直在注视着这个距离他只几十步远的小女孩。

柯提醒道:"大王,这里不太安全。"

茫依然未动。

那是一个八九岁的小女孩。

她一头乌黑的头发,脸色苍白,两只眼睛瞪得大大的,汪满了泪水。她似乎已经哭了很久,声音沙哑,也很微弱。

挨着她,不远处有一束五颜六色的鲜花安静地躺在沼泽地上。

她的身体还在继续下沉——地表下面,似乎有一双残忍而有力的大手在泥糊中拖拽着她。

很显然,在此之前,她一直在拼命挣扎,但现在已不再挣扎了——不是因为完全没有力气了,而是她不想再挣扎了。她的脸上,并无太浓重的恐惧的痕迹,相反,倒显得很安详。她的哭泣声时续时断,好像哭着哭着,被一个心思所牵引,便忘了哭泣。但那心思又不总是一直牵引着她,不一会儿,她便又想到了悲哀,于是便又开始哭泣起来,就这般循环往复着。后来,她终于不哭了,仿佛累了,合上双眼,一双胳膊无力地放在下巴上,竟趴在沼泽地表面的青草上睡着了。

风吹动着地上的草,也吹动着她的头发。

茫的心在发抖,因为那小女孩的最后一眼是在看着他——看完了他,才将双眼合上的。

有一匹马飞奔而来,到了茫与柯跟前,马上的士兵勒住缰绳,那马打了一个旋,便站住了。那士兵气喘吁吁地报告:"大王,敌人正在追过来!"

柯说:"知道了。"

但茫却无动于衷,目光一直专注于那个似乎已在风中进入梦乡的小女孩。

茫的羊群一直就跟随着他,它们不安地走动着,并不时地会有一两只企图朝那小女孩走过去,但被临时看管它们的人大声呵斥后,又退了回来。

坡冲着那个小女孩咩咩咩地叫唤起来。

那个小女孩仿佛被一股寒风吹着了一般,打了一个哆嗦,醒来了。她一时忘记了自己的处境,转动着脑袋打量了一下四周之后,才想起自己原是深陷泥糊,不禁又"哇"的一声哭了。也许这是最后的哭泣了,她用尽了全身的力气,那声音撕心裂肺。

在整个哭泣的过程中,她谁也不看,只看着一个人——茫。

茫在那对泪眼的注视下,低下了头。

柯看了一眼那个小女孩,叹息了一声,转而对茫说:"大王,我们该走了。"

泪水顺着茫的鼻梁滚滚而下。

"大王,我们确实该走了。"

茫抬头看时,大部队早已走远,只剩下保护他的卫兵们,但他还是不肯离去。

"大王,"柯的表情严峻,"您必须走了!"

茫看了一眼那个小女孩,金色的阳光如瀑布而下,正笼罩着她。他轻轻掉转马头离去了。

身后,传来了小女孩的哭泣声——无奈而柔和的哭泣声。

羊们簇拥在茫的周围,一边跑动,一边不时地回头去张望一下那个即将沉没的小女孩。

坡突然停在了那儿，不肯再走动。

茫也在那一刻停住了。

柯勒住马，回头焦虑地望着茫："大王……"

茫突然大叫了一声："不！"随即，掉转马头，朝着那个小女孩跑去。

"大王！……"柯大声叫着。

茫根本不予理会，用脚敲击着马的肚皮，让它重又跑回到刚才站立的地方。

羊群呼啦呼啦地跟着他。

柯骑着马向这边跑来了："大王！大王！……"

茫冲着柯说："让人去找一根粗粗的麻绳，越长越好！"

柯拒不执行他的命令："大王，难道你没有听到追兵的脚步声吗？"

"让人去找一根粗粗的麻绳，越长越好！"他的双眼，泪光闪烁。

柯看看那个小女孩，又看看敌兵追来的方向，说："大王，我们救不了她。"

"不！"茫十分固执，"让人去找一根粗粗的麻绳，越长越好！"

柯的态度非常强硬："大王，为了日后的天下，我不能执行您的命令。您必须掉转马头了！必须！"

茫双手捂住了自己的脸，泪水便从手指缝里流淌了出来。

茫突然放下双手，扭头从身后的口袋里抓出了大王书，高高举起，又用另一只手指着不远处一口还咕噜咕噜地翻滚着泥糊的泥塘，冲着柯说："让人去找一根粗粗的麻绳，越长越好！若不然，我就将它扔进泥塘！"

柯听罢，差一点儿从马上跌落下来。

那条灰犬，惊慌地绕着柯的坐骑跑来跑去。

柯看着偃蹇的茫。

茫依然是那句话："让人去找一根粗粗的麻绳，越长越好！"

柯转过头去，大声地下达了命令："立即去找一根粗粗的麻绳，越长越好！"

得了命令的士兵，立即出发了。

茫将大王书塞回口袋里。

小女孩朝茫微笑着——一种似乎没有痛苦的微笑，仿佛她正在玩耍，忽然来了一个让她觉得很亲切的男孩。

那束鲜花的花瓣在风中不停地掀动着。

在焦急的等待中，终于有一个士兵扛着一大捆麻绳来了。那麻绳完全符合茫的要求：又粗又长。

"将绳子扔过去！"茫说。

然而距离太远，不是扔不远，就是扔偏了，怎么也扔不到小女孩的手可以够到的地方。有一个士兵尝试着想靠近一点再扔，差一点陷进泥糊。

在此期间，柯一直用手遮在耳根，聚精会神地朝敌兵追来的方向听着动静。他似乎听到了马蹄声——无数的马蹄声。

拯救变成了一件几乎不可能的事情。

柯的心一直提在嗓子眼儿，他的坐骑挨着茫的坐骑，轻声说："大王，你已经尽力了，我们走吧。"

茫没有理会，却从马背上跳了下来。

所有的目光都在注视着茫，只见他从羊群里抱出一只叫柯的小羊羔，然后用手抚摸着它的脑袋。柯用软乎乎的绸子一般的舌头舔着他的手。他将柯放在地上，然后将那扔出去的麻绳收了回来。谁也不明白接下来他要做什么。他旁若无人地做着他的事情，先拴了一个绳套，然后每隔

命悬一线

几尺远再拴一个,一连拴了十几个。在此期间,柯的神情越来越紧张:他已经清清楚楚地听到了战马的嘶鸣声。然而,茫却将一切置之度外,全神贯注地拴着绳套。他将绳套拴得一般大小,一般漂亮,又一般结实。所有的人都不吭声,默默地看着,仿佛与他一样,忘记了正向他们一步步逼来的追杀。

"大王!"柯终于忍不住叫了一声。

茫连头都没有抬,将第一个绳套套在了柯的脖子上,然后拍了拍柯的屁股:"去吧!"

柯便朝那个小女孩跑去,它的身体十分轻盈,仿佛即使走在水面上,也能如云一般飘去。它一直走到了小女孩的面前。

小女孩看着柯,泪水泉涌一般。

柯用舌头不住地舔着她的泪水。

茫大声说:"把绳套取下,套在你身上!"

柯乖乖地低下脑袋,小女孩很容易地就取下了绳套。她在茫的指挥下,将脑袋钻进绳套,然后先将左胳膊穿过绳套,再将右胳膊穿过绳套,不一会儿,不紧不松的绳套便套在了她的胸前。然后,她就用双手抓住绳子。

然而,这看上去毫无意义:因打了十几个绳套,那根长长的麻绳大大地缩短了。当柯将绳套送给那个女孩时,绳子的这一头已远离茫他们。有几个士兵企图去抓住绳头,但软乎乎的地面立即显出要下沉的样子,吓得他们赶紧回头。

柯遗憾地说:"大王,你真的尽力了,走吧!"

茫摇了摇头。

"大王!"

茫微笑了一下,拍了拍坡的脑袋。

坡心领神会，朝小女孩跑去。它一低头，将第二个绳套套在了脖子上。

茫又拍了拍坂的脑袋。

坂像坡一样心领神会，朝小女孩跑去。它一低头，将第三个绳套套在了脖子上。

紧接着是壤、垛、埂、埃、墟……一只跟一只地跑过去。它们的身体都很轻盈，加之这些牲灵能够敏感地觉察到脚下哪儿承受能力强一些，哪儿承受能力弱一些，竟没有一只陷进泥淖。

现在，所有的绳套都套着一只羊。它们一律朝着茫的方向。

远方的马蹄声已像暴雨打在一片芭蕉叶上，十分的清晰。

茫拔了一把青草，在手中摇摆着。

羊们便向前倾着身子，绳子顿时绷紧了。

小女孩顿时感到了一股强劲的拉力，双手死死攥住了绳索。

然而，小女孩却被下沉的力量死死地纠缠着，使她无法拔脱。

无望笼罩着荒原。

柯跳下马来："大王，现在走，还来得及！"

茫却拿着草朝前走去，走了几步，他蹲了下来，用眼睛信任地望着他的羊们，轻轻摇动着手中的草。

羊们一起发力，奇迹发生了：小女孩感到自己的骨头"咯吱"响了一声，竟从泥淖中拔出了一截！

羊们一只只将脑袋勾在胸前，拼命向前。

茫掉头示意后面的人每人拔一把青草向羊群摇动。

众人响应。

茫站了起来，为他的羊们唱起号子："杭育！——"

众人一起附和："杭育！——"

细瘦的洋烛 / 93

命悬一线

雄壮而沉重的号子声回荡在荒原上。

柯忘记了一切,所有的人都忘记了一切,投入到了声势浩大的号子声中。

羊们将女孩一点儿一点儿地拽出了泥淖。

当女孩就要完全被拔脱出来时,她伸手抓到了那束花。

"杭育!杭育!——"

茫朝天空举着双拳。

"杭育!杭育!——"

所有的人都朝天空举着双拳。

号子声中,女孩像一根深埋于土中的胡萝卜,一下子,完全被拔了出来。

羊们拖着她,朝茫走来。

欢乐的坷在来来回回地跑动。

女孩始终泪汪汪地抓着那束花。

熄的军队在沼泽地的边缘,看到了影影绰绰的人影。当时阳光强烈,蒸气在阳光下形成,荒原上的海市蜃楼,使熄的军队感到十分迷惑。更有那响彻云天的号子声,使他们感到荒原神秘莫测,心头升起一股股寒气,竟一时不敢再前进了。

小女孩立即被人取下绳套抱到附近的池水中清洗掉浑身的泥污。

茫的眼前,是一个让人怜爱的瘦弱的女孩。他像一位大哥哥一般,弯腰将她抱起,然后踮起双脚,将她送到了马背上。

那束花一直抓在她手中。

茫纵身一跃也骑到了马背上。他抓着缰绳,将双手放在女孩的胸前,让她待在自己的怀里,轻声问她:"你爸爸妈妈呢?"

小女孩掉过头去望着她曾陷落的地方,那眼神在告诉人们,她的爸爸妈妈在那里沉没了!

小女孩叫瑶。

从她断断续续的话里,人们得知,她的爸爸妈妈正在沼泽地边上的森林里陪她采花,忽听说熄的军队马上就要追杀过来,便向沼泽地深处跑去,刚跑不远就一起陷入了泥淖。

茫掉头看了一眼沼泽地的边缘:熄的军队,竟像漫山遍野的高粱。他用脚敲了敲马的肚子,马便载着他和女孩,向着西北方向一路跑去。那束由爸爸妈妈帮她采摘的鲜花,在她的胸前不住地摇摆着。

柯一直在看着,当他看到小女孩像窝里的一只小鸟,安静而乖巧地待在茫的怀里时,他仰望苍天,在心中深深地感叹道:"我已深知为什么不是让别人而是让茫持有大王书了!"

选自长篇小说《大王书》第一部《黄琉璃》

注:因时间有限,本篇示范朗读为91页第8段至94页第9段。

第八号街灯

它是青瓦大街第八号街灯。

它高高地立在天空下,像眼睛一样默默地俯视着青瓦大街。每当夜幕降临,它的亮光便"哗"地一下,像清澈的水一般倾泻在大街上。

那温暖的光,照着行人回家的路,也照着深夜在街上流浪的小动物们。

跑过来一条脏兮兮的白狗。

说是白狗,但看上去却像是一条灰狗。

它在这座城市四处流浪,不时地会经过第八号街灯。而每次经过时,它总要绕着灯杆转一圈,然后把一条腿高高地跷到灯杆上,"哗啦哗啦"撒一泡尿,接着舒服地抖一抖身子,再仰头看灯一眼,"汪"地叫唤一声,才嗅着地面,往前跑去。

一个脏兮兮的老头,也不时地经过第八号街灯。

他一身破衣烂衫,头发像一堆纠集在一起的乱草,双手像乌黑的爪子,脸也是黑油油的,眼睛却显得格外的亮。他总是背着一个跟他一样脏兮兮的铺盖卷。

每次经过这盏街灯时,他照例都会停下来,靠在它黑色的铁杆上,很舒坦地歇上一阵。说是歇一歇也行,说是看一看街景也行。

第八号街灯

每次离去时,老头总要用手拍一拍灯杆,那几声好听的金属声,总是让他满心高兴。

狗一次又一次地路过,一次又一次地跷起腿来撒尿。

老头一次又一次地路过,一次又一次地靠在它的身上。

那是一个春天,狗和老头一起出现在了青瓦大街的阳光下!

起先,狗一直跟在老头的后面,只是看到第八号街灯时,才跑到了老头的前面。

狗照例跷起腿来,在街灯下撒尿。

这时,老头就站在它面前等它。

老头照例要靠到街灯的铁杆上。

这时,狗就很安静地蹲在他面前。

他(它)们一次又一次地路过这里。

后来,老头靠着街灯杆的时间越来越长,越来越长。

每逢这个时候,狗总是很耐心地趴在地上守候他。

后来,一连许多天,他(它)们都没有出现。

冬季过去了,又一个阳光灿烂的春天。

狗出现了,但却是独自走来。

它瘦了一圈,跑动起来有点儿飘飘忽忽。

撒完尿,它退后几步蹲着,仿佛老头依然还靠在街灯杆上。

狗继续流浪在这座城市,不时地路过第八号街灯。当然,它总忘不了跷腿撒尿,然后仰头看一眼街灯,"汪"地叫唤一声走开。

又过了很长一段时间,青瓦大街上,狗也不见了。

直到秋天,狗忽地又出现了——

哇!白得像一团雪!

它不时地停下,回过头去张望——

第八号街灯

一个上了年纪的老妇人，举着一把小巧玲珑的伞出现了。

她一头银发，神态高贵。一身贵重的衣服，一尘不染，高跟鞋"的笃的笃"，清脆地敲击着马路。

狗像从前一样跷腿撒尿。

这时，老妇人就站在那里等它。

老妇人显然累了，且收起伞靠在街灯杆上。

这时，狗就很安静地蹲在她面前。

她（它）们一次又一次地路过这里。

后来，狗开始掉毛。再后来，它已渐渐不能像从前那样很潇洒地跷起腿来撒尿了——每次跷腿时，都跷得有点儿吃力和勉强。

那副样子有点儿可笑。

后来，一连许多天，她（它）们都没有出现。

转眼间就是冬天，天空飘着大雪。

这天，老妇人举着伞，吃力地走来，却是独自一人。

她久久地站在街灯前，仿佛在等撒尿的狗。

当她终于想起什么来时，这才慢慢走过来，将疲倦的身体靠在街灯杆上。

那时，雪下得正大。

从此，只有老妇人蹒跚着走来走去。

路过第八号街灯时，她照例要在它身上靠一靠。

她总举一把伞，但伞的颜色总是不一样。

春天过去了。

夏天过去了。

走来走去，老妇人靠在街灯杆上的时间越来越长，越来越长。

老妇人的身影最后一次出现在青瓦大街，出现在第八号街灯下，已是中秋时节。从此就再也没有出现。

又是一个冬天到了。

青瓦大街很清冷。

这天夜里,大街上空无一人,大风将一张报纸从大街的那头一路吹了过来……

报纸被风吹到第八号街的灯杆上。

风小一些的时候,它就躺在地上,风大一些时,它便立即起来,伸展开,紧紧地贴在街灯杆上。

灯光明晃晃地照着报纸上的一条公告:

青瓦大街两侧的旧街灯,将在近期内全部拆除。

后来的几天时间里,第八号街灯一到夜晚,就大放光明……

2008 年 7 月 1 日晚于石家庄燕春大饭店

大 水

1

　　漂儿被大水堵在了这座小城。

　　大水冲垮了桥梁,毁坏了所有通往别处的道路。走到城边一看,四周白茫茫一片。水从遥远的天边还在继续涌来,仿佛是一支身着素服的庞大军队正向这里疯狂扑击,像一匹匹抖着鬃毛的银色战马不顾一切地掩杀过来了。高大结实的防护堤傲然地阻挡了它们。于是,它们便跳跃着,撕咬着,咆哮着,一副狗急跳墙的样子。

　　除了水还是水。

　　小城像一片秋天的落叶,漂在茫无边际的水上。

　　漂儿绝望地看了一眼长途汽车站紧关着的大门,心情落寞地走上了已被夜色浸染的街头。

　　雾气如烟,在街道上慢吞吞地飘,路灯发着红光。

　　空气湿漉漉的。路上几乎没有行人。小城像座荒古时遗存下的空城。

　　成千上万只老鼠从水里爬上岸,像溃退的逃兵,在街上穿梭着,有时一队,有时一片,有时是三两只,雄赳赳地走着,仿佛是倍珍昔日荣耀的老兵。

漂儿背挎着包袱,毫无目的地往前走。

跟随他的,是自己瘦弱的影子。

他隐隐约约地觉察到了孤独,认为应当唱支歌。他从来不记唱词,并且从来不能把一支曲子完整地唱到头。于是,他只能胡乱地哼唱。这种颤颤抖抖的哼唱,慢慢演变成一种近乎于小公牛式的荒野叫喊。这种叫喊振奋了他的神经,使他怪模怪样莫名其妙毫无意义地在街上扭动起来,跳跃起来,转动起来,疯跑起来。

突然,那股掩埋在心灵深处的悲凉之情一下子抓住了他。

漂儿的声音有了一种哭腔。

冰凉的夜色中,漂儿真的哭了。

他坐到了马路牙子上。

不远处,一位行乞的老者,朝漂儿张望着。他衣衫褴褛,蓬乱的头发、多年不剃的胡须、久不清理的污垢使他的面孔变得一片模糊。他似乎朝漂儿笑了笑,便去将背囊中的食物的残渣掏出来,一点一点地撒在地上。于是,老鼠们便纷纷围了过来。他没有一点吃惊的样子,倒显出几分悠闲。这使漂儿想到黄昏时一个老奶奶在给入笼前的鸡雏们喂食的情景。

行乞的老者往前走去。

老鼠们拥挤着,"吱吱吱"地叫着,争先恐后地跟着老者。

又是沉寂。

漂儿迷迷糊糊地睡去……

远处,似乎传来手风琴的声音。

漂儿微微睁开眼。

手风琴在演奏一首快乐的曲子。声音忽高忽低,节奏忽紧忽慢,在夜空下跳跃着。它驱散了小城的凄凉和夜晚的寂寞。它给人带来一份热闹，一份活气，一份心灵的慰藉。

手风琴的声音牵着漂儿，他迎着它一步步走去。

拉手风琴的是一个中年男人。他坐在路灯下，全神贯注地演奏着。一顶破旧的草帽过多地遮住了他的额头。他的脚旁，是一个铺盖卷。他的形象和神情，都证明着他是一个到处流浪的人。

漂儿觉得很有趣，因为他看到拉手风琴的人只不过是在为一只狗而充满热情地演奏着。

那是一只丑陋的小狗。它蹲着，忘我地听着音乐。

拉手风琴的人一会儿朝狗点点头，一会儿歪着脑袋，把耳朵几乎贴到手风琴上聆听着，一副陶醉的样子。

那狗一动不动，听得极认真。

像是受到狗的鼓舞，拉手风琴的人越发卖力地演奏着。他似乎使出了全部的情感和演技。

漂儿终于憋不住笑起来。

拉手风琴的人停止演奏，抬头望着漂儿。

漂儿觉得那两束目光极有力量和神采。

"像我一样，被大水堵在这儿了？"

"嗯。"

"去哪儿？"

"很远很远。"

"你爸爸妈妈怎么放心你一个小孩子家出远门？"

"他们不在了。大滑坡，他们连房子一起被埋了。"

拉手风琴的人有所醒悟地点着头："那你要去干什么？"

"投奔一个亲戚家。"

"噢，投奔？投奔！"他收起手风琴，用脚轻轻踢了一下还未从音乐中拉回心思的小狗，"滚蛋吧，小东西！"他走过来，意味深长地拍了拍漂儿的肩，"小老弟，走，跟我去酒馆。"

漂儿便跟了他。

2

拉手风琴的人带着漂儿踏入了一家酒馆，寻了一张桌子，先请漂儿坐下，然后自己放下铺盖卷、手风琴，将草帽往桌上一扣，极有派头地喊道："来瓶好酒，凉菜有多少种上多少种。"随即坐下。他见漂儿露出"这要花多少钱呀？"的惊讶与吝啬，捏起草帽，往边上一撂，道："想吃，就吃。别为难自己。不知道享受还能叫人？记住钱是人挣的！"

那位服务员小姐分明听见了拉手风琴的人的招呼，但却并不答理，只顾伺候别人去了。

拉手风琴的人沉默地等待着。

"你是干什么的？"漂儿问。

"你看呢？"

"乐师？"

拉手风琴的人笑着摇摇头："我是修手风琴的。"

"来瓶好酒，凉菜有多少种上多少种！"拉手风琴的人又等待了一会儿，再次提高嗓门叫道。

那位小姐正不太情愿地朝这边走来，忽见进来一对衣着华贵的男女，她又马上转身迎去："请进。"然后就只顾去伺候他们，将拉手风琴的人又冷淡了。

拉手风琴的人双手托着下巴，极有风度地保持着一种忍耐。这忍耐是那么的沉重和高贵。它在短短的几分钟内,使漂儿的灵魂增添了几分重量。漂儿也有了一种傲视一切的感觉,与拉手风琴的人一样冷冷地沉默着。

过了很久很久,那个姑娘才带着轻慢甚至厌恶的神情走过来。

拉手风琴的人捏起草帽,歪歪地戴在头上,然后斜视着那个姑娘,突然用双手猛然掀翻了桌子。

漂儿又紧张又痛快地与拉手风琴的人站在一起。

拉手风琴的人背起手风琴,用胳膊夹起铺盖卷,拉着漂儿的手,朝门外走去。那姑娘赶忙闪到一边。

"必须反击!"走出酒馆,上了街头,拉手风琴的人用冷峻的语调对漂儿说。

他们又进了一家酒馆。当服务员将酒菜送上时,拉手风琴的人往漂儿面前的空碗中斟了半碗酒。

"我不会喝。"漂儿说。

"喝!酒是为咱们男人造的,喝醉了也没有什么了不起。一个男人一辈子醉个几回,才是对头的。来呀,小老弟!"

漂儿大胆地呷了一口,顿觉一条火蛇从喉咙中游过。等这种热辣辣的感觉消失后,代之而起的是一种向全身辐射的热量。酒使漂儿瞬间变成了一个大人。他对自己的能量、能力有了一种完全不同于过去的认识。不久前脸上的萎靡、可怜巴巴、惨兮兮、黄唧唧一下子被酒冲散了。他显得那么健康,那么英俊。

拉手风琴的人好酒量,自斟自酌,十分快活,仿佛世界上的一切都是顺心如意的。

"要活好。凭什么不活好呢?别那么垂头丧气没情绪。记住,太阳既照着他,也照着你,为什么要无缘无故地生出许多可怜呢?"

漂儿喝了一大口酒。他从未喝过酒。过去，他望见酒，总有几分恐惧。

"别做酒鬼。做酒鬼的人，终究还是因为他自己觉得可怜。"

拉手风琴的人是在痛饮。这种痛饮激动人心。几杯落肚，拉手风琴的人变得意气风发、神采奕奕。

"你别想着自己什么都没有，得想着自己什么都有，有眼睛，有鼻子，有双手，有挑担的肩！你还要什么呢？抬起头来往前走，海阔天空！"

这是一位哲人。这些似乎随意说出的话与酒一起流入了漂儿的血管，与那温热鲜红的血融合在一起，在血管中奔流，像大水冲击堤岸一样，冲击着漂儿那颗时时觉得寒冷萎缩的心脏。

已是深夜。

他们走出酒馆。

他们睡觉的地方是一座大楼的檐下。

凉气袭人的夜晚，无处归宿，这是很容易让人伤感的。街是空寂的。小城似乎完全没有意识到这两个流浪者的存在而已经自顾自地睡去了。只有无神的路灯在远处向他们洒来微弱的光。

漂儿凄凄惶惶地张望着。

拉手风琴的人似乎很能体会漂儿的心情，用胳膊轻轻地温暖地搂了他一下："睡在我脚下。"他铺开席子，放下被子，"一样地睡觉。"

漂儿很拘谨地脱掉衣服，钻到被窝里。

拉手风琴的人披着衣服坐在被窝里，朝苍茫的夜空望，似乎那深处蕴涵着什么他所期待向往的东西。

漂儿从未有过这种感觉。天就在他的上面，黑色的，极深邃。风在他的肌肤上似有似无地掠过。夜是那么的苍凉。此时的夜，似乎在无声地向人们诉说许多深刻的道理。寥落的星辰，苍茫的夜色，凉丝丝的空气，触动着人的情感，也触动着人的理智，让人往深处去体味生活和人生。在漂儿这种年纪，对一切都是模糊的，但，他确实在一秒一秒地走入真正的生活和人生，虽然他不知道。

不远处的高楼上还有一家人尚未歇息。橙色的窗帘，明亮而温和。无边的黑暗中就只有这一方窗帘。它映衬得这小城的深夜更是寂寞，甚至是凄凉。

拉手风琴的人给漂儿披好被子："我们大家都是在生活。活着不在乎是在大楼里，还是在人屋檐下。关键的关键在于，你总要记住自己是个人！"他平静地拉响了手风琴。那是一首微微忧伤但总给人宁静、纯洁和安详的小夜曲。这声音从大楼的阴影中慢慢地进入了夜的胸膛。

漂儿渐渐睡去。

这是他出生以来的第一次露宿。

3

大水不肯退去。

它很阴险地往上爬着，几乎就要爬上大堤漫上岸来了。它像困兽一般闹腾着，张牙舞爪，气哼哼泛着白沫，一副腌臜样子。

小城真正的绝路了。

漂儿很发愁："这样耽搁，哪儿来的钱呢？"

"虽是个小城，总有手风琴好修的。"拉手风琴的人泰然一笑，"走！"便用洪亮的嗓音朝这小城信心十足地吆喝起来，"修理手风琴——！"

走过一条条街，穿过一条条巷子。拉手风琴的人真是副好嗓子。对于这一点,他本人也已经意识到。他似乎并不在乎有无手风琴好修,吆喝本身就很有意义。这声音给这绝路的小城以一种生命的冲动,小城仿佛一下变得生机勃勃。他有时干脆站住,双手叉腰,朝高空呐喊着。

漂儿跟着他,没有一丝忧愁,有的只是快乐和希望。

"我家手风琴坏了。"一个小孩跑过来,并领着他们到他家去。

但小孩父亲却拉回孩子关上门:"不修不修。"

拉手风琴的人并不走,弯起手指,很有礼貌地叩响了门。

小孩的父亲探出脑袋:"说了,不修嘛。"

"咣当"关上门。

"走吧。"漂儿失望地说。

拉手风琴的人无可奈何,只好走开。可是没走几步又折回去,固执地再一次将门敲响。

"你这人是怎么搞的?!"小孩的父亲见又是拉手风琴的人敲门,恼怒地责问。

"请把你的手风琴修一修!"拉手风琴的人居然用一种命令的口气说。

"告诉你,那手风琴不值得修了!"

"看看再说!"

"算了算了。走吧走吧。"

小孩的父亲没一点念头,顽固地又将门关上。

漂儿有点尴尬。

拉手风琴的人背倚门上,一脸不屈不挠的神情。

"走吧。"漂儿说。

"不!"拉手风琴的人有点蛮横地说,"这手风琴我修定了!"他一屁股坐在门口的台阶上,卷了卷袖子,拉响手风琴,并且越拉越起劲。

门终于再一次打开了。

"决定修了?"拉手风琴的人侧过脸问。

门没有关。

拉手风琴的人朝漂儿一招手:"进!"

小孩的父亲把一架落满灰尘的手风琴扔在沙发上:"修吧,只给五块钱!"

拉手风琴的人随意拉了拉那架手风琴,点点头。

小孩的父亲对这架手风琴显然已不抱任何希望,只是缠不过这个修手风琴的人罢了。他扔下五块钱,便进卧室睡觉去了。

"他信不过我。"拉手风琴的人说,"就给我几块板子,再给我几片铜片,我都能做出一架好手风琴来。"他拿出工具,眨眼工夫,把那架手风琴拆了个"稀里哗啦"。

漂儿有点担心:装不起来怎么办呢?

随即,漂儿被拉手风琴的人的神奇镇住了:他粘胶、换键、调整铜簧……动作麻利,节奏分明,这中间竟无一丝犹疑和停顿,一气呵成。

"记住,人总得有点本领。"说话间,拉手风琴的人又将那手风琴装好,并将它的外表擦得锃亮,他轻试了几个音符,随即大弧度地拉开风箱,一首热情活泼的曲子便从那只手风琴中奔涌而出。

漂儿简直佩服得五体投地。

小孩的父亲走出来,惊异地问:"那手风琴……是我的?"

漂儿连忙点头。

拉手风琴的人把修好的手风琴放到沙发上,将五块钱往口袋里一插,收拾起自己的东西,拍了拍漂儿:"走了。"

小孩的父亲连忙又掏出十元钱来。

拉手风琴的人用手推开了:"说好了的,五块!"

出了门,拉手风琴的人又不知疲倦地用那洪亮的嗓门吆喝起来往

前走。

漂儿就这样跟着他，一天、两天……他们奔走、辛劳、不吝啬地付出，但也享受了这小城能够给予的一切。漂儿觉得自己无时无刻不在长大，无时无刻不在增添智慧和力量。漂儿对漫漫茫茫的路程不再恐惧，不再觉得孤单。

他全心全意地崇拜着这个其貌不扬的拉手风琴的人。

4

大水在夜空下颤着灰白色的亮光。远处水涛的"轰隆"声与近处水浪撞叩堤岸的"豁啷"声，夜风之悲鸣声，没有归宿的水鸟在浪尖上偶尔发出的叫喊声，给灰蒙蒙的小城蒙上一层忧郁的色彩。

漂儿与拉手风琴的人坐在堤岸上。

手风琴朝大水，朝小城，朝夜空响起来了。不知是为环境所感染还是拉手风琴的人今晚忽然有了悲壮的回忆，手风琴奏出的乐曲总带着悲凉雄壮的意味。

"你想知道我的故事吗？"

漂儿不知如何回答。

"我不知道我从哪儿来。当我记事时，我已经是一个乞丐。我像一条无家可归的狗，在街上，在荒野流浪，靠别人的施舍，一天一天地度过光阴。那生活是腌臜的。在垃圾桶里，在人家屋后的废物堆上，我像只刨食的鸡那样刨着。有时是为了寻找食物，有时是为了寻找破鞋、破衣服或是空瓶子之类的东西。晚上，我或是睡在车站，或是睡在人家的猪圈里。当我有了点力气的时候，我也帮人家干过活。不过，那总是看着人家的脸色。我巴结人家，奉承人家，顺着人家说话，人家发火，我一

风琴

边往后退一边点头,屁也不敢放一个。为了混口饭吃,我无数次心甘情愿地被人侮辱过。就这么长大了。过了十六岁,我隐隐地痛苦起来,特别是当深夜独自一人思想着的时候。屈辱感一天一天地咬着我的心。我懂得了咬牙,懂得了用眼睛冷看这个世界。一个念头越来越清楚地横在我的脑海里:人得有人的活法!是的,我确实很可怜,没有家,没有亲人,甚至不知道自己是谁。但,终究也是个人。这么想着,我敏感起来,仇恨起来。一次,我向一个杂种求点食物,他朝我恶毒地一笑,将手中的饼一撅两半,一半给了我,一半扔到地上给了一条狗。我抓着那半拉子饼,浑身颤抖不止。我将饼猛地砸到他脸上,随即扑上去撕咬他。我怎么也想不到,人一旦愤怒起来会那样地不顾一切。我咬他的胳膊,咬他的耳朵,最后居然咬他的喉咙……那人受了重伤。我被抓进了牢房。那年我十八岁,已是一个小伙子。"

拉手风琴的人停住话头,拉起手风琴。琴声告诉漂儿,他还沉浸在苦涩的回忆里。

"后来,我和许多犯人一起,被送到一个荒无人烟的地方。在那地方,我九死一生,度过了整整十个年头。但那十个年头我黄金不换。它给我的东西,终身享受不尽。我认识了一个人,一个会拉会修手风琴的人。他使我懂得了人,并教给我谋生的本领。我活着走了出来,他却永远留在那里了。我开始了新的路程。路很难走,但我坚决地往前走,从不灰心,也从不可怜自己。与其瞧着别人的脸色到碗里去夹肉,还不如独身一人喝西北风去。总而言之,我必须作为一个人生活在这个世界上。是的,我不过是一个修手风琴的。别人会瞧不起我,比如那天晚上酒馆里那个姑娘。可我自己不能轻瞧自己。一个人不在乎他一辈子做什么行当,关键在于他在做这一行当时得有一种人的神圣感。一有了这种感觉,你便会觉得自己那点微不足道的谋生手段顿时变得无与伦比的伟大。当我终于弄到了一笔生意，当我用我的手我的心灵使那些将要被主人当做破烂而抛弃的手风琴重新有了演奏能力时，我看见了自己。你看见过自己吗？自己！"

他兴奋地拉着手风琴，一会儿挺起胸脯，一会儿弯下腰去，像是在拥抱怀中的手风琴。他久久地沉浸在音乐声中，不肯把思路拉回来，继续给漂儿叙述他的人生。

"当然。我也很知道享受人生。我反对苦行僧，绝对反对！人到世界上走一遭，光知道吃苦，不知道享受，这只能说明他还没把'人'悟出来。小兄弟，告诉你，我只要愿意并且有钱，我也会像那些大亨们一样，住豪华的大饭店，哪怕是一晚，哪怕是第二天我只能喝白开水。有人吵吵着要人一辈子勒紧裤带，他不是不懂人生，就是胡说！我干吗来了？你说，干吗来了？！你能成为一个最富有的游客，你为什么不？问题倒在这一面：当你一无所有的时候，你不要顾影自怜！几十年里，我到处漂泊，走过一座座城市，一个个村庄，天南海北，行踪不定。我走过荒野，也走过世界上最繁华的大街。我在山顶上迎过日出，也在海边一直看着那轮月亮慢慢落进大海。我都是靠自己走的路。我还要什么呢？整个世界不都是我的吗？整个！……"

漂儿瞧见此时拉手风琴的人即使在黑暗里两眼也闪闪发亮。

"当然会有痛苦，可是，小老弟，你必须记住，这个世界上最宝贵的东西不是别的，正是痛苦。那刻骨铭心、让你泪流满面、让你咬牙切齿的痛苦。要珍视它，特别特别地珍视它！"

沉默。具有无限意义的像冬雷一样轰鸣的沉默。

"我要离开这座小城了。"拉手风琴的人说。

"哪儿有路呢？"漂儿望着大水说。

"那也得走。我这个人等不得。我得往前走，不停地往前走。"

同是天涯沦落人。这两人情意切切,竟一夜未眠。那手风琴也断断续续地响了一夜。

5

他说走就走。他掏出身上所有的钱,又卖掉了两件衣服,凑足了数,买动了两个敢于冒险的船工。

漂儿呆呆地站在岸边。萍水相逢,短短几日,别离却是那么的伤心。

拉手风琴的人深表歉意:"对不起,小老弟,我喜欢一个人闯荡江湖。再见了!"

漂儿举起手,但泪水模糊了他的视线,拉手风琴的人浑然如一片烟云。

船启动了,在茫茫的大水上,坚定地向前驶去。

拉手风琴的人回过头来,大声地留下一句话:"小老弟,记住,这几天是我养活了你,等你有了钱,要想着还我。也许,我们永远地不能相遇了。但你必须想着!因为你不可以欠别人的东西!"

漂儿向他点头,泪水夺眶而出。

大水。

大水。

手风琴在大水之上,雄壮有力地鸣响着。

船越来越小,后来竟成了一个黑点。手风琴的声音也渐渐微弱下去。

1984 年于北京大学 21 楼 106 室

闲话读书

古人对读书很在意，尽管读书人在社会上位置不高。但读书与读书人是两回事。看不起读书人，但看得起读书。于是留下了许多发愤读书的故事。如"萤入疏囊"（《晋书·车胤传》："(胤)博学多通，家贫不常得油，夏月则练囊盛数十萤火以照书，以夜继日焉。"）。如"雪映窗纱"（《尚友录》卷四："孙康，晋京兆人，性敏好学，家贫无油，于冬月尝映雪读书。"）。如"凿壁偷光"（《西京杂记》卷二："匡衡勤学而无烛，邻居有烛而不逮，衡乃穿壁引其光，以书映光而读之。"）。还有"头悬梁，锥刺骨"之类，不胜枚举。

但是古人对读书的益处，认识似乎并不深刻。在某些高雅之士那里，也有"读书可以修身养性"的认识，但在一般人眼里，读书也就只剩下一个功利目的："书中自有黄金屋。"因此，中国的一般读书人，总不在一个较高的境界。虽也孜孜不倦，但读来读去，还是脱不去一番俗气。他们没有看见一个精神的殿堂，没有看出那书原是一级一级的台阶，读书则是拾级而上，往那上方的殿堂里去的。因为如此，古人读书常常就只有一个"苦"的记忆，而很少有阅读的快意，更少有达抵人生审美境界的陶醉。

读书是对人经验的壮大。天下事多不计其数，人不可件件躬身力行。

闲话读书

人这一辈子，实际上只能在很小的范围内经验生活，经验人生，个人的经验实在是九牛一毛、沧海一粟。由于如此，人认知世界，十有八九是盲人摸象，永无全象，因而实际上也就无象。由于如此，人匆匆一生，对生活、对人生的理解也就一片苍白，乃至空洞。由于如此，人对活着的享受，也就微乎其微，生命实际上是虚晃一世。因而，人发明了文字，进而用文字写书。书呈现了不同时空里的不同经验。你只需坐在家中，或案前，或榻上，或瓜棚豆架之下，便可走出你可怜的生活圈子，而走入一个无边的世界。你从别人的文字里知道了沙漠驼影、雪山马鸣、深宫秘事、上流情趣……。读书渐久，经验渐丰，你会一日一日地发现，读书使你变得心灵充实。其情形犹如你从前只有几文小钱，而随着对书的阅读，你的仓库一日一日丰厚起来，到临终时，你居然觉得自己已有金银一库，而你曾因拥有它而着实豪华地享受了一生。此时，你会觉得死而无憾，满足地最后一笑，撒手人寰。

更有一点，未被多少人揭示：读书还会有助于你创造经验。这世界上的许多写书人，不仅仅是将自己所有的特别经验复述于人，还在于他们常仰望星空，利用自己的想象能力，企图创造知识，以引发新的经验。这些知识导你进行新的实践。这些知识预设于脑，使你在面对从前司空见惯的事情时忽然发现了新意。甚至干脆让你发现许多事情——这些事情在未得这些预设之前，它们虽与你朝夕相处，你却并未将其发现。一头水牛从梨树下过，碰落了一些梨花。一个农人，也许对此事浑然不觉，空空走过，但废名先生却觉得"落花水牛"的图景很美，于是有了一番享受。废名是个读书人。你也是个读书人。你读了海明威的《老人与海》，倘若日后你做事不顺，但终究还是将事做成了——虽然此事从表面上看犹如"一袭马林鱼的骨架"，但你记得《老人与海》，于是你在失败中忽然有了一种优雅的感觉。你读过尼采的文章，也读过劳伦斯的作品，同样的床笫生活，尼采的生活哲学导你进入一番境界，而劳伦斯的"审美之性"又导你进入一番境界。知识使你的经验屡屡增加，并使你的经验获得了深度。你也活一辈子，但你这一辈子密度甚大，倘若浮到形而上的层面来论时间长短，你这样高密度的一生与一个低密度或者没有密度的一生相比，你算下来就不是活了一生。寿有限而知无涯，而知却可以使寿获得形而上的延长，甚至是大大的延长。读书人有这点好处。

读书养性。人之初，性本就浮躁。落草而长，渐入世俗，于滚滚不息、尘土飞扬的人流中，人几乎很难驻足稍作休息，更难脱洪流而出，静处一隅，凝思独想。只有书可助你一臂之力，挽你出狂浪浊流。且不说书的内容会教你如何静心，就读书这一形式本身，就能使你在喧哗与骚动之中步入静态。在这里，读书具有仪式的作用。仪式的力量有时甚至超过仪式的内容。时至今日，大工业轰轰隆隆，商业化铺天盖地，自由主义无节制张扬，现代情绪漫延滋长，人虽日益感到孤独，却又在众人吵嚷中心神不定，陷入了更大的浮躁。如此情状，人深感不安，从心底深处渴求宁静的绿荫。此时，人的出路也大概只在读书了。我在东京时，我的研究生秦立德、戴清都来信，说了他们工作之后的心态，觉得自己现在变得难以沉静下来，对未来颇感惶恐。我写信给他们说：任何时候，任何地方，只要不将书丢掉，就一切都不会丢掉。

读书人与不读书人就是不一样，这从气质上便可看出。读书人的气质是读书人的气质，这气质是由连绵不断的阅读潜移默化养就的。有些人，就造物主创造了他们这些毛坯而言，是毫无魅力的，甚至是丑的。然而，读书生涯居然使他们获得了新生。依然还是从前的身材与面孔，却有了一种比身材、面孔贵重得多的叫"气质"的东西。我认识的一些先生，当他们坐在藤椅里向你平易近人地叙事或论理，当他们站在讲台上不卑不亢不骄不躁地讲述他们的发现，当他们在餐桌上很随意地诙谐了一下，你就会觉得这些先生真是很有神采，使你对你眼前的形象过目不忘，永笃心中。有时我会恶想：如果这些先生不是读书人又将如何？我且不说他们的内心因精神缺失会陷入平庸与俗气，就说其表，大概也是很难让人恭维的。此时，我就会惊叹读书的后天大力，它居然能将一个外表平平甚至偏下的人变得如此富有魅力，使你觉得他们的奕奕风范，好不让人仰慕。此时，你就会真正领略"书卷气"的迷人之处。

我们还可以将读书当宗教来看待——读书也是一种宗教。尼采言：上帝已经死亡。于是，世界觉得此事十分严重。其实，也就是那么回事。这个虚设的上帝去了就去了吧，也没有什么大不了的，我们不是还有书在吗？书也可以成为我们的依托。我们何不将书也看成是上帝？而且这是可以与我们平等对话的可亲可爱的上帝。寂寥无依的夜晚，我们可以敞开心扉，将心中的委屈、怨恨以及无法言表的一切向它毫无保留地倾诉，并可得到它的指引。每一本好书，都是黑暗中的一道亮光。这一道道亮光，将给我们这一叶一叶暗空下的扁舟引航，直至寻找到风平浪静且又万家灯火的港湾。我们应有这样的古风：沐浴双手，然后捧卷。在一番宗教感觉之中，你必将会得到书的神谕。

我们对读书作了如此一番几近诗化的赞美，却并不含这样的意思：读书便是一切，读就是一切。

从长知识、增智慧、养精神诸方面讲，不是单纯的读书就能达到完满境界的。还得有人生的经验垫底，才能将书读好。人生的经验越厚实，书就读得越好。世界上凡读书读得好的人，在人生的经验方面都不是很简单的人。经验决定着读书的成效。而读书的成效又转而影响人生经验的深度与广度。如此这般，那书读得如何，也就可想而知了。

就读书本身来讲，自然还得有所讲究。有这些讲究，才能有助于将书读好。

读书应有停顿——突然地中断阅读而思考已被阅读的那些东西。当然，一般俗众的阅读，完全没有必要这样要求。俗众的读书与读书人的读书应作两回事看。前者是一种被动的阅读，是不费神的，费神就违背俗众读书的本意了，他们的本意是消遣。而读书人的阅读，固然不能排除消遣这一层次，但绝非满足于滞留在这一层次上。读书人的读书带了联想与思考的痛苦。他们的阅读快感，不是在被动接受上，而是在接受时不断扩大收获的过程中。这就像两个儿子接受遗产，大儿子仅仅看到了他所继承的那部分产业，而二儿子却把他继承的那部分产业当成了资本，而看到了投资后的扩大、再扩大的辉煌景象。读书人得有那二儿子的活泛思路与主动精神。

世间有许多读书种子。但他们的读书似乎于他们的精神无补，反而读成呆子，读成迂腐可笑之人。曹聚仁先生说他曾听说过浙江金华有个姓郭的，书读到能将《资治通鉴》背诵一番的程度，但写一个借伞的便条，却写得让人不堪卒读（那便条写了五千余字）。读书多，莫过于清朝的朴学家，然而，像章太炎那样令人钦佩的朴学大师又有几个？我认得一位教授先生，只要提起他来，人们第一句话便是：此人读书很多。然而，他的文章我才不要看。那文章只是别人言论的连缀与拼接，读来实在觉得没有意思。读书不是装书。读书用脑子，装书用箱子。脑子给了读书人，是让读书人读书时，能举一反三，能很强健地去扩大知识的。箱子便只能如数装书。有些人读一辈子书，读到终了，不过是只书箱子而已。

从前有不少人琢磨过如何读书。阮葵生在《茶余客话》中有段文字："袁文清公桷，为湘江世族，受业王深宁之门，尝云：'予少年时读书有五失：泛观而无所择，其失博而寡要；好古人言行，意常退缩不敢望，其失儒而无立；纂录故实，一未终而屡更端，其失劳而无功；闻人

闲话读书

细瘦的洋烛 /117

之长,将疾趋而从之,辄出其后,其失欲速而好高;喜学为文,未能蓄其本,其失又甚焉者也。'"袁氏之言,我虽不敢全部苟同,但大都说在了读书失当的要害之处。而其中"好古人言行,意常退缩不敢望",我以为是读书的大忌。

更有甚者,还有读书把人读糟了读坏了的。周作人当年讲:"中国的事情有许多却就坏在这班读书人手里。"抽去这句话当时的具体所指,抽象一点说,这句话倒也说得通:中国的事坏在一些读书人手里的还少吗?

这文章前后两部分似乎有些矛盾。但我以为,我必须这样做。我当为读书竭尽赞美之辞。但又明说:不是所有读书和所有读书人都可配得上如此赞美的。这文字的背后藏了一个企图:但愿天下读书人,都能将书读好,都能达抵那些个被我赞美的境界。

影 子

这幅照片颇有点意味。不照天，不照地，也不照人，却只照了一个自己的长长的身影。一个人发现了自己的影子，并把它很当回事儿放到自己意识里头，并不是件容易的事。因为人们的弱点就在于对司空见惯的物象无动于衷、麻木不仁，哪怕是这些物象无时无刻不在给予他温柔的照料、体贴的相伴和种种其他好处。人既不长记性又很会忘恩负义。桂文亚却记着它——那个始终如一地跟随着她，我们大家无人不有的影子，并把宝贵的镜头对着这金色的草地上的那个抽象的、梦幻的、意味无穷的影子。这影子甚至使她陷入充满情感的回忆："当我还是一个小学生的时候，影子是我最好的朋友。我敢发誓，没有谁比他更了解我了。我一向是个不大合群也不太乖的小孩，喜欢独自做些别人没做过的事，例如我决定发明三十二种以学校为起点不同的回家路线，我要仔细地记录下来，装订成一册'到我家的方法'。而协助完成这个冒险计划的，非影子莫属了。他永远支持我的一举一动，就算没有半个人理会，也绝对、死心塌地地陪着我完成每一件事情，包括我生气的时候使劲去踩他，也绝不喊疼。"

阅读这幅照片的时候，我想起一段童年的往事来——

我说的也是影子，但这影子不是日光照着时我自身那条投在地上的

影子

影子，而是一个人——一个孩子。这孩子从小学一年级到五年级，与我的关系一直密不可分。然而，严格来说，我们并不算朋友。因为，朋友的关系是一种平等的关系。而我们的关系并不平等。他总是听从我的，而我总是乐于向他发号施令。然而，他对于这种不平等并不介意，诚心诚意（如桂文亚说她的影子时说的：死心塌地）地跟随着我。跟随我去做好事，也跟随我去做大大小小的坏事。现在回想起来，他在跟随着我去做任何一件事情时，都会感到十分快乐。有一次，我领着他离开家，到十多里地外的一个地方看人家的鸽子，而他的家人并不知他的去向，傍晚时见他不归，便满世界寻找。大概已是夜里十点钟了，我们才精疲力竭地回到村子。于是，他遭到他父亲一顿鞭子。他父亲大声说："以后不准你再跟着那个小子！"然而，第二天一早，他又早早地站在了我家门口，等我这"小子"一路去上学。对于他与我的关系，有很多人称他是我的"尾巴"。学校的老师说他是我的"影子"。这大概是从"形影不离"这个成语得来的意思，说得很贴切。然而，在我们一起快要到六年级时，那年的春天，这地方上发生了一场脑膜炎大传染，他在几天的昏迷之后，竟然死去了。那天，阴雨绵绵，我站在雨幕里，望着碧绿的田野上的一支小小的送葬队伍走在细长的田埂上，心里感到从未有过的孤独与伤感。直到此时，我才意识到他——我的"影子"，也才意识到他的离去，使我失去了什么。

这段回忆使我把这幅照片看得具有抽象性和具有象征意味了。我不再将它仅仅看成是一个物理现象。

我记得很多年前在看列维—布留尔的《原始思维》时，曾看到这样一个细节：印第安人最恐惧的一件事是当他们走在日光下时，发现自己的影子不再跟着他们，甚至干脆就消失了。这件事非常严重，因为这意味着他们的生命马上就要结束。我又记得我的一位好朋友，曾写过一篇叫《影子》的小说。故事是荒诞的，但却发人深省：一个孩子把自己的影子卖掉了，从此陷入不断的悲哀。这孩子在"无影"的恐慌里度日如年。他要把影子寻回来。这天他遇到了一个形容枯槁的老人，他走上前去问老人：有影子卖吗？老人听反了，以为这孩子有影子要卖，喜出望外。当老人终于弄明白是孩子要花大价钱买影子时，他将一口袋钱倒在了地上：这么多年，我一直想赎回我的影子。现在谁给我影子，我就将这些钱统统给他。

世界上最重要最宝贵的东西，也许就是人们平时很不放在心上的东西，只有当我们在丢失它之后，才能发现它的重要与宝贵。然而，那时可能已经太晚了，失去的，往往永远失去了。我们只能从此守着一片惆怅，一片迷惘，一片拂之不去的忧伤，甚至是凄凉。

影子就是这样的东西。

影子是造物主恩赐予我们的。它是我们的肉体与灵魂的伴侣。在世界与人群抛弃我们而使我们深陷孤独的时刻，只有它，忠实而厚道、人情味十足地伴随着我们。那柔和的无声的影子，在微风起时，会像黑绸或像一汪夜间的池水抖动起来。那时，我们看着它，心灵将会获得慰藉。我们会在孤独里保持着一番人应有的孤傲与清高。而有时，它却会去强化我们的孤独。"形单影只"，面对此种情景，我们会倍感孤独。而这种强化，只能使我们对人生持有更冷峻也更深切的认识。影子还有伟大的牺牲精神。在我们受到污蔑与攻讦时，它会用歪斜的形象替我们承担我们无法承担的"罪责"。"只要行得正，不怕影子歪。"我们的影子代我们受过，代我们去接受污水的泼浇，从而使我们依然保持那种堂堂正正的形象。

我们不能没有影子。没有影子的日子，是没法过的。穿过幽暗的胡同时，我们需要它。走过夏日尘土飞扬的大街时，我们需要它。面对空空的墙壁而感到世界几乎到了末日时,我们需要它。受到沉重的打击时,我们需要它——需要对着它发呆。月光下,当你坐在门口的石阶上,看到它偎依在你身边时,你何不用温暖的手像抚摸你的爱犬一样去抚摸它?它给了你多少?可是,它又从你那儿得到了些什么?一点点,一星星也都未得到。它也从不向你索取。

对着这金色草地上的细长的影子,我们能说的只有一句:今生今世,我们永在一起。

最后一只豹子

荒原上，一只豹子在寻找其他豹子。

它已寻找了多日，也没有发现其他豹子的身影。

它想：也许，这个世界上就只剩下我这一只豹子了。

但它并不死心，仍然不停地寻找着。

无边无际的大荒原。

它又饿又渴，只有当天下雨时，它才能大张着嘴冲着天空喝几口雨水。

这天，它看到了一只正在天空飞行的野鸽子。

野鸽子看到了地上的豹子，十分兴奋，立刻落在了豹子面前。

豹子刚想问野鸽子"你见到过其他豹子吗"，野鸽子却先迫不及待地问豹子："你见到过其他野鸽子吗？"

豹子说："非常遗憾，我已很久很久没有见到野鸽子了。"

野鸽子难过地说："难道世界上就只剩下我这只野鸽子了吗？"

豹子连忙安慰野鸽子："不会的，你继续找吧。"它问野鸽子："你见过其他豹子吗？"

野鸽子说："非常遗憾，我已很久很久没有见到豹子了。"

豹子难过地说："难道世界上真的就只剩下我这只豹子了吗？"

野鸽子安慰豹子说:"不会的,你继续找吧。"

"再见!祝你好运!"野鸽子说完,又飞上了天空。

"再见!祝你好运!"豹子又开始了它的寻找。

这天,豹子实在累得不行了,就在一块岩石旁睡着了。

不知什么时候,它被"吱吱吱"的叫声惊醒了,睁眼一看,一只机灵的土拨鼠正在它身边跳来跳去。

豹子站了起来,问土拨鼠:"你见到过其他豹子吗?"

土拨鼠说:"非常遗憾,我已很久很久没有见到豹子了。"

豹子难过地说:"难道世界上真的就只剩下我这只豹子了吗?"

土拨鼠感到很奇怪:"难道你一定要见到其他豹子吗?"

豹子说:"那当然。难道你不想见到其他土拨鼠吗?"

土拨鼠非常惊讶:"难道世界上还有第二只土拨鼠吗?"

豹子更惊讶:"难道你不知道这世界上不只是有你一只土拨鼠吗?"

土拨鼠眨巴着眼睛说:"我不知道。我打记事起,就以为世界上只有我一只土拨鼠呢。"

豹子叹息道:"也许在你记事前,世界上的土拨鼠就全都消失了。"它怜悯地看了一眼无忧无虑的土拨鼠,叹息了一声,告别了土拨鼠,又开始了寻找。

豹子在荒漠里走呀走……

这天,它终于见到了一棵大树——它已有很久很久没有看见树了。

它连忙向那棵大树跑去——

那是一棵橡树。

豹子跑到橡树下。

它已很久很久没有享受树荫的阴凉了。豹子觉得很惬意,便躺在了橡树下。

不知过了多久，橡树忽然说话了："你见过其他橡树吗？"

豹子一惊，站了起来，望着巨伞一般的树冠说："非常遗憾，我已很久很久没有见到橡树了。"

橡树难过地说："难道世界上真的就只剩下我这棵橡树了吗？"

豹子安慰橡树说："不会的，也许，我明天就能见到另外的橡树呢。"它问橡树："你见到过其他豹子吗？"

橡树说："非常遗憾，我已很久很久没有见到豹子了。"

豹子心里忽然觉得一点儿力气也没有了。它瘫坐在橡树下很久，才又慢慢打起精神来，对橡树说："我一定会碰到橡树的。"

橡树点了点头："碰到其他橡树就告诉它们，世界上还有我这棵橡树呢！"

豹子走呀走……

天终于下起雨来，并且越下越大。它一边跑一边仰起头来大口大口地吞咽着雨水，直到肚子喝得饱饱的。

雨停住了。

前面出现了一口水塘，塘里飘着天空的云朵。

它已很久很久没有见到水塘了，便向水塘跑去。

当它跑到水塘边时，眼前的情景不禁让它的心一阵颤抖：

水中有一只豹子！

它吃惊地看着水中的豹子，水中的豹子也吃惊地看着它。

那是一只多么美丽的豹子啊！

它看着水中的豹子，忽然觉得有点儿不好意思，水中的豹子也像它一样显得有点儿不好意思。

它举起一只前爪，想碰一碰水中的豹子，水中的豹子也举起前爪，一副想碰一碰它的样子。

最后一只豹子

它趴在水塘边，望着水中的豹子。

它就这么望着……

天空的太阳像一个巨大的火球在燃烧。

它望着望着，水中的豹子渐渐模糊。它用爪子揉了揉眼睛，再定神看去，那只豹子已经不见了。

它依然趴在水塘边。

它要静静地等待那只豹子。它相信，那只豹子一定还会回来。不一会儿，它的眼帘慢慢地垂下了。

天又下起大雨。

不一会儿，塘中又注满了水。

雨过天晴，池塘边，有一只一动不动的豹子，池塘里，也有一只一动不动的豹子。

但它再也没有看到池塘里的那只豹子，因为它永远地睡着了。

三斧头

又是一个春天。

这年的春天来得很有声势,几乎没有一个寒意料峭的初春,冰解雪溶之后,就是一个暖融融的阳春。太阳总是很有精神,很有活力,仿佛一下子年轻了许多。它在天上流动着,把空气晒暖,把一切都唤醒。枯褐色的冬季,没有几天,便消逝了,代之而起的是鲜活鲜活的、新嫩新嫩的绿。一切都在生发着、膨胀着。生命、欲望、肉体和灵魂,都因这大好的光芒而不安地生长和发达。天空一天一天地高阔起来,空气一天一天地澄明起来,大地一天一天地湿润和活泛起来。

春天是神圣的、伟大的,让人顶礼膜拜的,尤其要被那些曾在寒冬中被厄运所缠,曾足够地领略到严寒之痛苦的人所青睐和崇拜。

当那轮金色的天体从橙红的霞光中高贵地升上天幕时,当它庄严地在天穹下由东向西运行直至在西天撒满安静的红光时,人们无论对它如何歌颂和赞美,都是不过分的。

春天使人的双眸发亮,春天使人的心情朗然,春天使人仿佛觉得一下子长高并成熟了许多。

在这样的季节里,明子从早到晚感到兴奋和愉悦。卸去冬衣之后,他像一匹卸掉轭头的马一样,觉到了一种不可言说的轻松和自由。最近一段时间，生意也很好，收入不错。明子买了一些换季的衣服。人恃衣服马恃鞍，加之一副好心情，明子有了潇洒的派头。他不再觉得身体单薄与虚弱，而觉得肉体在一点一点地生长着力量。他有了一种雄壮感和结实感。

三和尚和黑罐都一口咬定："明子，你长个了，长了半头。"

明子也发现了这一点，因为他的衣服和裤子都短了一截。

那天，明子去逛商场，在一面大镜子跟前停住了：他见到了镜子里的他，已是一个很有光彩的小伙子。他走近镜子仔细瞧自己，发现自己的嘴上已长出不黑也不黄的茸茸毛。他忽然感到害臊，脸一下子红起来。但他依然站在镜子跟前望着自己。他似乎很喜欢自己现在的样子。他的皮肤不再像过去那样黄兮兮的、细腻腻的，而呈红黑色，并且变得有点儿粗糙。他的鼻梁似乎挺直了一些，给背光的一侧笼了阴影。他的眼睛不及从前那样黑了，但眼窝比从前似乎深了一些，透出的光芒带着青春的活力。他还看到了自己正在微微挺起并且开阔了一些的胸脯。他旁若无人地欣赏自己变化了的身体，直到感觉到柜台里两个女服务员正在窃笑，才赶紧离开那面大镜子。

最使明子欣喜若狂的是，他不再尿床了。明子现在是一个干净的、健康的、乐观的和一心向上的男孩。

夏日将近的一天晚上，三和尚慷慨解囊，请明子和黑罐在一家很不错的酒店吃了一顿饭。回到窝棚后，三和尚点亮了四五支蜡烛，把小窝棚照得很明亮。接着，他从门外搬进来一个很大的木头墩。他把一把锋利的斧头稳稳地放在木头墩上，对明子和黑罐说："我不想再留你们。各人有各人的前程。但谁能出师，总得有个说法。你们瞧见了，这是一个木头墩，还有一把斧头。你们每人砍三斧头，谁能三斧头皆砍在一个印迹里，谁就可以离开我。"他看了看明子和黑罐，"听明白了？"

明子和黑罐点了点头。

烛光静静地照着。

三人沉默着，脸上的表情很严肃很认真，仿佛有人要进天堂或要进地狱，仿佛面对着世界上的一个最重要的时刻。

三和尚再一次看了明子和黑罐一眼。

明子和黑罐互相对望了一阵，又把目光挪开去望那把斧头和木头墩。

"谁先来？"三和尚问。

"黑罐先来吧。"明子说。

三和尚说："明子懂规矩。黑罐大，理应让他先来。"

黑罐走近木头墩，手微微颤抖地抓起了斧头。

三和尚掉过头去，"噗噗"几口，将所有蜡烛吹灭。他见黑罐半天没有动静，便叫道："砍呀！"

黑暗里终于响起"咚"的一声，又一声，再一声。

三和尚又重新点亮蜡烛。

烛光下的木头墩上，是三道清晰的斧痕。

黑罐把斧子搁下，垂头丧气地站到了一边。

三和尚把木头墩掉了一个头，又把斧头稳稳地放在上面。一切停当之后，他看着明子，但不说话。

明子走上前去，一把操起斧头。

三和尚又看了明子一眼。

明子稳稳地站着，只是一脸的平静，没有半点儿其他表情。

三和尚"噗噗"几口，又将蜡烛吹灭。

小窝棚里满是蜡烛油的气味。

小窝棚里绝对黑暗。只有三个人的喘息声，再无其他声响。

"砍呀。"三和尚催促道。

细瘦的洋烛 /129

明子没有反应。

三和尚又等了一会儿,见仍无动静,便欲要大声地喊"砍",然而这"砍"字刚吐出一半,只听见"咚"、"咚"、"咚"连着发出三声斧头砍击木头墩的声音。那声音的节奏告诉人,砍者动作极其坚决,毫不犹豫。

三和尚将所有蜡烛又点亮。

烛光下,光光的木头墩上只有一道有力的斧痕。

明子把斧子靠在木头墩上,退到一旁。

三和尚好半天看着明子,然后说道:"你可以走了。"他坐到床上去,点起一支烟,朝明子说道:"你只砍了一斧头。"

黑罐忽地抬起头来。

明子很镇定地站着。

三和尚说:"还有两声,是你用斧背敲击木头墩发出的。世界上,手艺再绝的木匠,也不能在黑暗里把三斧头砍在同一道印迹里。因为那是根本不可能的。"

烛光里,明子眼睛最亮。

三和尚对明子和黑罐倾吐了一番肺腑之言,那也是他半辈子的人生经验:"认真想起来,这个世界不太好,可也不太坏。在这个世界上活着,人就不能太老实了,可又不能太无心肝。"他专门对着明子说,"这个道理,黑罐不懂,你懂。但这分寸怎么掌握着,全靠你自己了。我只把手艺教给了你,但没有把这分寸教给你,这是我做师傅的罪过。"他充满深情和信赖地看了明子一眼说,"天不早了,你们俩睡觉吧。明子明天走时,带上我的那套家伙。就算是你师傅的一片情意吧。"说完,他整了整假发,走出了窝棚。

这里,明子和黑罐几乎说了一夜话。

第二天,三和尚回到小窝棚时,明子已经收拾好东西。

"不留你了。"三和尚说。

明子背起家伙，看了看这小窝棚，走出门去。

三和尚和黑罐来给他送行。

"你有什么要说的？"三和尚问明子。

明子说："就是黑罐……"

三和尚说："你放心。他出不了师，我绝不撵他走。有我一碗饭，就有他半碗饭。"

明子想不哭的，可还是让泪幕蒙住了眼睛："过去，总让您生气，您就原谅我吧。"

三和尚说："不说这些了。要说不是，是我不是。我本可做出一个好师傅的样子来的，可这几年心里总是很糟，人也变得恶了一些……"

又送了一程，三和尚拉住黑罐的手对明子说："不送了。"

"回去吧。"明子说。

三和尚和黑罐站着不动。

"回去吧。"明子说。

三和尚掉转身去，可未能起步，又掉转头来对明子说："记住，人活着，要活得像个人样子！"

明子点了点头。

三和尚拉着黑罐，掉头就走。

明子一直等三和尚和黑罐消失在大楼拐角处，才擦去泪水，转身往大街上走。

选自长篇小说《山羊不吃天堂草》

"细瘦的洋烛"
——读鲁迅

在《高老夫子》中,鲁迅写道:"不多久,每一个桌角上都点起一枝细瘦的洋烛来,他们四人便入座了。"

描写洋烛的颜色,这不新鲜;描写洋烛的亮光,这也不新鲜。新鲜的是描写洋烛的样子:细瘦的。这是一个很有耐心的人的观察。鲁迅小说被人谈得最多的当然是它的思想意义,而鲁迅作为一个作家所特有的艺术品质,一般是不太被人关注的。这是一个缺憾,这个缺憾是我们在潜意识中只将鲁迅看成是一个思想家所导致的。我们很少想起:鲁迅若不是以他炉火纯青的艺术向我们展示了他的文字,我们还可能如此亲近他吗?

作为作家,鲁迅几乎具有一个作家应具有的所有品质。而其中,他的那份耐心是最为出色的。

他的目光横扫着一切,并极具穿透力。对于整体性的存在,鲁迅有超出常人的概括能力。鲁迅视野之开阔,在现代文学史上无一人能望其项背,这一点早成定论。但鲁迅的目光绝非仅仅只知横扫。我们必须注意到横扫间隙中或横扫之后的凝眸:即将目光高度聚焦,察究细部。此时此刻,鲁迅完全失去了一个思想家的焦灼、冲动与惶惶不安,而是显得耐心备至、沉着备至、冷静备至。他的目光细读着一个个小小的点或局部,看出了匆匆目光不能看到的情状以及意味。这种时刻,他的目光会锋利地将猎物死死咬住,绝不轻易松口,直到读尽那个细部。因有了这种目光,我们才读到了这样的文字:

> 四铭尽量的睁大了细眼睛瞪着看得她要哭,这才收回眼光,伸筷自去夹那早先看中了的一个菜心去。可是菜心已经不见了,他左右一瞥,就发现学程(他儿子)刚刚夹着塞进他张得很大的嘴里去,他于是只好无聊的吃了一筷黄菜叶。(《肥皂》)
>
> 马路上就很清闲,有几只狗伸出了舌头喘气;胖大汉就在槐阴下看那很快地一起一落的狗肚皮。(《示众》)
>
> 他刚要跨进大门,低头看看挂在腰间的满壶的簇新的箭和网里的三匹乌老鸦和一匹射碎了的小麻雀。(《奔月》)

鲁迅在好几篇作品中都写到了人的汗。他将其中的一种汗称之为"油汗"。这"油汗"二字来之不易,是一个耐心观察的结果。这些描写来自于目光的凝视,而有一些描写则来自于心灵的精细想象:

> ……一枝箭忽地向他飞来。
>
> 羿并不勒住马,任它跑着,一面却也拈弓搭箭,只一发,只听得铮的一声,箭尖正触着箭尖,在空中发出几点火花,两枝箭便向上挤成一个"人"字,又翻身落在地上了。(《奔月》)

小说企图显示整体,然而,仿佛存在又仿佛无形的整体是难以被言说的。我们在说《故乡》或《非攻》时,能说得出它的整体吗?当你试图要进行描述时,只能一点一点地说出,而此时,你会有一种深切的感受：一部优秀的小说的那一点一滴，都是十分讲究的。那一点一滴都显得非同一般、绝妙无比时，那个所谓的整体才会活生生地得以显示，也才会显得非同寻常。这里的一点一滴又并非是仓库里的简单堆积，它们之间的关系，也是有无穷讲究的。在它们的背后有一个共同的基本原则、基本美学设定和一个基本目的。它们被有机地统一起来，犹如一树藏于绿叶间的果子——它们各自皆令人赏心悦目，但它们又同属于同一棵树——一树的果子，或长了一树果子的树，我们既可以有细部的欣赏，也可以有整体的欣赏。但这整体的欣赏，不管怎么样，都离不开细部的欣赏。

就人的记忆而言，他所能记住的只能是细部。当我们在说孔乙己时，我们的头脑一片空白，我们若要使孔乙己这个形象鲜活起来，就必须借助于那些细节："窃书不能算偷……窃书！……读书人的事，能算偷么？"孔乙己伸开五指将装有茴香豆的碟子罩住，对那些要讨豆吃的孩子说："不多不多！多乎哉？不多也。"……人的性格、精神，就是出自于这一个一个的细节，那些美妙的思想与境界，也是出自于这一个一个的细节。

鲁迅小说的妙处之一，就在于我们阅读了他的那些作品之后，都能说出一两个、三四个细节来。这些细节将形象雕刻在我们的记忆里。

在小说创作中，大与小之关系，永远是一个作家所面对的课题。大包含了小，又出自于小，大大于小，又小于小……若将这里的文章做好，并非易事。